...OCH STJÄRNORNA BRANN.

Bia Berg

OCH STJÄRNORNA BRANN

Förlag: BoD-Books on Demand, Stockholm, Sverige
Tryck: BoD-Books on Demand, Norderstedt, Tyskland

ISBN: 978-91-7851-998-9

Poesialbumet

Må lyckans stjärna alltid för dig brinna.
Må du ej vilse gå.
Det vackraste i livet ska du finna,
om du lär dig förlåta och förstå.

Jag var åtta år och hade till födelsedagen fått ett poesialbum av min mamma. På första sidan hade hon målat en ros och tillägnat mig sin kärlek. De orden, de var min mamma, en av många i en generation av självutplåning, där sann lycka var att göra andra lyckliga.

Året var 1948 och poesialbumen hade sin storhetstid. Egenhändigt hopsnickrade verser och färdiga alster med förhoppningar om kommande välgång och hågkomst fyllde sidorna och de pyntades med blommor, hjärtan och solar.

Redan nästa dag överlämnade jag albumet till en skolkamrat som uttryckte sin beundran över den vackra sidan och jag slickade i mig berömmet som om det var jag som hade åstadkommit det hela.

Efter några veckor var albumet fyllt och hade det funnits en högre makt som läst alla tillönskningar och uppfyllt dem hade världen några decennier senare skådat en varelse som svävade ovan jord av sin upphöjdhet.

Rosor äro röda, violer äro blå
Smultron äro söta och du är likaså.

Må solsken och lycka
Din levnadsstig smycka.

Sist i boken vill jag stå,
men främst bland vännerna ändå.

Några axplock ur skörden som återfanns i de flesta album, så även i mitt. Jag gladdes och funderade inte så mycket över vare sig sanningshalt eller uppnåendemöjlighet. Jag beundrade teckningarna och jag ansträngde mig själv att få till något fint i andras album.

Nu satt vi vid matsalsbordet i stora rummet hemma, min bästa vän Laila och jag med våra egna poesialbum och var sitt annat som vi skulle pryda med nya ord och blomster.

- Må livets rosor för dig dofta... hade jag just skrivit och läst upp för Laila. Det låter vackert tycker jag. Men sedan då?

- Ja, det låter jättefint! Så funderade hon lite och sa:

- Jag ska tänka på dig ofta.

- Ja, det blir bra! Så får versen bli! Ta den du också!

Nöjda med vad vi åstadkommit satte vi igång med att rita blommor runt våra verser.

Den allra finaste sidan i mitt eget album tyckte jag var den som min mamma hade gjort och det gjorde mig lycklig, för man ville vara stolt över sina föräldrar. Vackra, duktiga mammor och starka pappor var idealet.

På vår gata fanns en pojke som brukade skryta över sin pappa som var polis och ibland hotade han med honom, när han inte fick som han ville. Jag brukade replikera med att min pappa var både starkare och modigare för han hade varit soldat och varit med i kriget.

De flesta barn visste att det hade varit ett stort krig i andra länder ute i världen för inte så länge sedan och så även jag och jag kände till ransoneringskupongerna som fanns kvar flera år efter freden, men då under själva kriget kände jag inte till vad som försiggick. Då var jag så ung och upptagen av min egen lilla värld.

1940

Andra världskriget hade brutit ut. Tyskland och Ryssland hade redan invaderat Polen. Båda länderna ville växa och bli mäktiga. England och Frankrike hade insett faran och förklarat Tyskland krig. Världen väntade och skälvde, men jag var trygg. Jag var ännu bara ett frö av liv i min mammas mage. Hon var lycklig och berördes inte av kriget ännu. Finland hotades öster ifrån av Ryssland och maningen: FINLANDS SAK ÄR VÅR SAK ljöd över landet.

För min far, uppvuxen med Fänrik Ståls sägner, Karl XII och vikingaromantik var det en självklarhet att anmäla sig som frivillig. Inte ett uns av tvekan fanns.

I januari anlände han till Kemi, där 16:e kompaniet, ett självständigt jägarförband bildades. Därefter var det snö, snö och kyla, extrem sådan, minus 50 grader tidvis. Det var ett ödsligt landskap, där vinden tog sats över vidderna och lyfte snön i virvlande spiraler som letade sig in under skalet av kläder. Över dessa marker skulle man ta sig fram för att senare röra sig innanför den ryska fronten. Man skidade på dagen och sov i tält på natten, några i sittande ställning efter att ha frusit fast i underlaget den första natten.

Man var någon. Man betydde något. Umbärandena vägde lätt i jämförelse med det. Man hade alla samma mål och övertygelse om det rättfärdiga i sitt handlande och kamratskapet växte sig starkt ur den myllan.

Efter tre månader blev det krigsstillestånd och trupperna kallades hem. Vinterkriget var över. De anhöriga hemma i Sverige gladdes, men i jägarförbandet var stämningen dov. Man hade väntat på en order att ge sig iväg mot järnvägen till Murmansk, Rysslands utgång mot Ishavet, för att spränga den. De hade berövats sitt stora verk. Insatsen blev ofullbordad.

Min mors glädje över hemkomsten förmådde inte helt återställa min far till den man som några månader tidigare lämnat de sina.

1944

Vi bodde i ett litet omodernt hus på ett rum och kök i Södertälje, mamma, pappa och jag, två gråhundar, Klinga och Varga och tidvis en massa valpar. Hundarna var ett måste för min far som varje höst reste upp till Dalarna för att jaga älg.

Annars arbetade han vid järnvägen på biljettexpeditionen. Han avskydde det, men farfar tyckte att han skulle arbeta där. Det var tryggt med Statens kaka sa han. Min far lydde farfar och levde för älgjaktsveckan.

Jag var ett nyfiket barn. Världen hade inga gränser. De vuxna försökte sätta det genom att alltid stänga grinden till vår gård. Det var många som genade över den och inte förstod varför grinden skulle vara stängd.

Men jag, jag förstod, möjligheten att få skåda en större värld. Emellanåt fick jag sällskap av Varga, och tillsammans upptäckte vi skogen strax bakom vårt hus och gatan som skar genom stadskärnan. Ibland hittade vi hem själva och ibland fick vi hjälp av polisen.

Då och då sträckte sig utflykterna bara till grannhuset där ägarinnan till vårt hus bodde. Vår gård var liten och bestod av en gångstig och några uthus, men ägarinnans gård bestod av en gräsmatta, en syrenberså och prunkande rabatter. Det lockade till besök.

En eftermiddag i slutet av maj då trädgården var osedvanligt vacker och rabatterna var fyllda med färggranna tulpaner, så ropade de till mig:

- Plocka oss! Plocka oss!

Jag gjorde det. Stjälkarna var inte så fina så de fick stå kvar, men i händerna höll jag så många avnupna tulpaner jag kunde bära och lycklig överräckte jag dem en stund senare till min mamma.

Hon hann inte börja undra förrän ägarinnan kom springande. Jag sprang också, in i huset och in under bordet. En stund senare kom mamma in. Ägarinnan hade varit upprörd och inte kunnat förstå hur min mamma kunde tillåta att jag tog mig in i hennes trädgård och skövlade den.

- Det gör jag inte heller, och jag är hemskt ledsen att det hände. Det ska inte upprepas, men hon smiter väldigt kvickt iväg när man vänder bort blicken.

- Gör inte det då! Händer det igen så blir det konsekvenser!

Så vände hon med bestämda steg och gick till sig.

Min mamma kom in i köket och var upprörd efter det pinsamma besöket. Med ett argare tonfall än vanligt förbjöd hon mig att någonsin mer sätta min fot i ägarinnans trädgård.

- Man får inte ta någon annans blommor! Man får aldrig ta något som någon annan rår om! Förstår du?

Att man aldrig fick ta saker, det förstod jag, men blommor det var svårare att förstå. Jag älskade blommor och det gjorde min mamma också.

En stund senare stod en skål på bordet med de avnupna tulpanerna i och hon förklarade det med att *gjort var gjort* och att låta tulpanerna ligga och dö var bara att göra allt ännu värre.

Då sommaren kom gick min farfar bort och efterlämnade så pass mycket att vi kunde skaffa ett nytt boende.

1948

Vi bodde nu högst upp i en modern lägenhet med utsikt över kanalen, nära till torget och centrum i staden, men ändå med naturen in på knutarna. Mamma hade öppnat en syateljé i en lokal intill vårt hus. Lailas mamma tant Vivi arbetade också där och vi var fria att komma och gå som vi ville.

Jag hade gått ett år i skolan och tyckte att det borde räcka. Nu kunde jag läsa obehindrat och det var väl därför man gick i skolan. Fritiden var mycket viktigare. När skoldagen var slut gick jag in till mamma, åt en bulle och drack ett glas mjölk och gick sedan ut. Så gjorde de flesta och vi sågs på gatan och enades där om vad vi skulle göra.

En dag när jag satt uppflugen på en cykel i cykelstället och inväntade någon att leka med kom en ny pojke ut ur min port. Han stannade framför mig och frågade om jag *fick* sitta på cykeln. Det var en konstig fråga.

- Ja, det är klart!

- Det tror jag inte, svarade han.

Så inleddes bekantskapen med Gunnar som precis hade flyttat in i huset. Gunnar var ett år äldre än jag och kom snart att bli alla flickors favorit. Han var både snygg och snäll. Jag ritade hjärtan hemma som jag skrev Gunnar i och så gjorde alla de andra flickorna också. Gunnar turades om att vara kär i var och en av oss och alla var nöjda.

Det var Gunnar som presenterade mig för Biggles. Dess för innan hade favoriterna varit först Pelle Svanslös och sedan den busiga engelska pojken Bill. De fick mig att skratta, men Biggles, han ledde in mig på spänningens marker. Han grep tag i mig och släppte inte greppet förrän sista sidan var läst. Gunnar hade en hel hyllrad med Bigglesböcker och jag fick låna och jag läste. De tog mig upp i luften och ut i världen till öknar och djungler såväl som till snö och is. Världen var svart och vit och det goda segrade alltid.

På söndagarna gick de flesta barn på matiné, utan vuxna i sällskap. Man var ute i god tid och köade för att få en bra plats och sedan bedrev man väntetiden med att vika och göra hål i biljetten för att slutligen hålla blåskonsert. Det fanns flera biografer att välja på, så oftast blev det Tarzan eller någon cowboyfilm. Den världen var också svart och vit. När vi kom hem lekte vi filmerna i skogsdungen intill där vi bodde. Vi hade fastbundna rep i träden som vi slängde oss i och vi tjöt och jagade varandra. Vi lekte många tillsammans. Gunnar brukade vara Tarzan och vi flickor ville alla vara Jane.

Området hade en blandad bebyggelse med både gamla och nya hus och allt fanns i närheten, såväl natur som små affärer. Intill vårt hus låg ett trevåningshus som var bryggeri. Den gården var ett kärt tillhåll för många lekar. Ibland klättrade vi ner i en stor låda för trasigt glas. Där kunde man hitta nästan hela flaskor som man sedan kunde ha i sina vägg- och taklösa lekstugor. Pojkarna hyste slumrande pyromananlag, så de letade mest kupat glas som passade till att tända eld med på torra löv.

En dag förvandlades huset. Det skulle renoveras och kläddes in med byggnadsställningar upp till taknivå. Vi följde noga arbetets gång och när arbetsdagen var slut intog vi barn gården. Vi upptäckte en vevanordning som vi förstod var till för att hissa upp hinkarna med murbruk med. Kroken var stor och vi fann ett nytt användningsområde för den. Vi ställde oss på kroken och turades om att bli upphissade av de övriga.

- Tredje våningen, tack!

- Ska bli!

Vi vevade och vevade och tränade armstyrka. Skyddsänglarna hade mycket att stå i, inte minst när vi lekte kull senare på de rangliga brädorna. Efter några veckor var arbetet klart och vi fick hitta nya utmaningar. Ingen olycka hade skett och inga vuxna hade en aning om vad vi lekt på den lite undanskymda gården.

Det upptäckte de däremot lite senare när vi tränade längdhopp vid kanalen. Intill bryggan låg en sandpråm förtöjd och den blev en utmärkt landningsplats för hoppen efter det att man låtit bryggan vara ansatsbana. Vi sprang och vi hoppade och var lyckliga då vi kommit riktigt långt. Men kanalen var inte en undanskymd plats, så ganska snart fick de vuxna reda på vad vi sysslade med. Jag fick stryk av min far. Första och enda gången. Mamma grät över vad som kunde ha hänt och jag grät över livets motgång.

1949

När vintern kom frös kanalen. I början kom en isbrytare och såg till att få en ränna för anlöpande båtar in i Mälaren, men när kylan tilltog lät man allt frysa igen. Isflaken som tidigare flutit runt i vattnet la sig nu hopträngda huller om buller och bildade ett fantasieggande landskap. Man mutade in sitt eget område som fick bli en ny lekstuga.

- Titta här, vilken fin soffa! Och ett bord också! Pax för det!

- Jag har redan hittat mitt hus! Det här tar jag!

 På gatan som var en lång backe åkte vi spark och kälke. För att medarna skulle glida bra behövde snön vara hård och tillplattad.

Ibland hakade vi i sparkarna i varandra och bildade ett långt tåg och susade iväg.

Då och då kom sandbilen och förstörde glidet. Då tränade vi återigen samarbete. Alla gick hem och hämtade sopborstar och sedan hjälptes vi åt att få undan sanden. Och så fortsatte vi att åka.

Vintrarna var roliga. När man i skolan sjöng Alice Tegners vintervisa:

- Nej, se det snöar, nej, se det snöar! Det var väl roligt hurra! så var det äkta känslor man uttryckte. På rasterna stod vi i en lång rad vid staketet och filade på varsin kana. Emellanåt gick man runt och kollade in hur blanka de andras var och trånade efter att ha den bästa själv och man kunde inte förstå hur en del kunnat få till så fin glansis. Kanske hade de spottat lite mer på sina kanor eller var det sulorna det berodde på?

Ute var vi så länge det var ljust. Sedan gick vi in och tinade upp våra fötter och satte igång med nya lekar.

Oftast lekte Laila och jag tillsammans. Vi letade tygbitar i mammas tygförråd som vi sedan sydde kläder av till dockskåpsdockorna. Om man vek tyget i fyra delar och klippte av hörnet i mitten och sydde ihop lite i sidorna så fick man till en klänning. Vår syateljé producerade den ena skapelsen efter den andra. Våra dockor pratade med varandra om de vackra kläderna och vad de skulle göra.

- Vet du, Rosa att i morgon är det stor fest i stan, så nu måste jag sy en balklänning.

- Jaa, jag vet det. Jag tänker också sy mig en ny klänning. Jag har köpt det här vackra sidentyget. Det kommer att bli så snyggt!

- Mm, det blir det. Jag ska ta det här blommiga och sedan ska jag knyta en rosett runt midjan.

Lagom till att kläderna var klara var det i regel dags för hemgående för Laila och likadant var det när vi skulle leka i dockskåpet som jag var mäkta stolt över. Min far hade byggt det av gamla sockerlådor och i taket fanns en liten lampa som gick att tända. Vi började alltid med att tömma huset på alla möbler för att dela upp dem rättvist mellan oss och sedan möblerade vi varsitt plan och därefter var det dags att bryta.

- Nej, bara en liten stund till! Vi har ju inte hunnit börja leka ännu! lät det från oss med bedjande ögon och någon liten gång kunde det hända att våra mammor föll till föga, men oftast fick man finna sig i vuxenvärldens konstiga prioriteringar.

När våren kom tog vi med våra smådockor på utflykter och byggde små hus i naturen, där de skulle få bo. Allt man hittade kunde användas, såväl pinnar och stenar som skräp. Glansiga godispapper kunde bli jättefina dukar och kapsyler dög till både tallrikar och skålar.

Regnade det så fanns det även inomhus mycket att göra. Där var vi som regel ensamma och kunde härja fritt eftersom våra föräldrar arbetade och inte kom hem förrän till kvällen. Vi hade all tid i världen att rota igenom skåp och lådor och garderober.

I köket tränade vi hemkunskap genom att röra ihop sådant som var gott till degar och rationaliserade kakbaket genom att utesluta gräddningen. Allt smakade förträffligt.

- Mmm, så gott! Vi tar i lite mer socker, så blir det nog ännu godare!

Inget blev över till våra föräldrar.

Garderoberna var riktiga skattgömmor. Mammor på den tiden bar oftast hatt när de gick ut, en del prydda med fjädrar eller vackra band och en del hade flor. Vi älskade att prova dem alla och längtade efter den dag då vi själva skulle få bära hatt.

En vårdag då vi stod framför spegeln hemma hos Laila och beundrade de skönheter som syntes där föddes en idé.

- Jag tycker vi ska vara fina damer ute i dag!

- Det går väl inte. Då får dom ju syn på oss och blir arga.

- Nej, vi behöver inte visa oss här på gatan. Vi sätter inte på oss hattarna förrän vi kommit en bit bort och sedan går vi till torget.

Förslaget fick gehör och vi valde ut varsin hatt. Laila tog en svart vidbrättad skapelse med ett brett sidenband runt, knutet med en stor rosett och själv valde jag en röd med svart flor som hängde ner för halva ansiktet.

Utanför kyrkan stannade vi till vid ett buskage och satte på oss de medförda hattarna som skulle få oss att åldras minst tio år och för att bli riktigt fina målade vi varandras munnar knallröda med ett medtaget läppstift, som tillhörde tant Vivi. Sedan traskade vi ut på torget med varsin korg på armen som vilka köpbenägna damer som helst. Det var torgdag och ganska mycket folk ute och alla med ögonen riktade mot grönsakslådorna i torgstånden, så ingen lade märke till oss och vi tog det som ett tecken på att vi lyckats med vår förvandling. Vi strosade runt och mådde bra.

I ena hörnet av torget låg ett konditori. Där brukade fina damer sitta och dricka kaffe och dit styrde vi nu stegen efter att ha räknat ihop tjugofem öre i den medtagna portmonnän. Det borde väl räcka till en läskedryck?

Det gjorde det. Servitrisen var ung och skrattig och log vänligt mot oss.

- Ni vill väl ha två glas antar jag? sa hon.

- Ja, tack! svarade vi allvarligt.

Vi talade lågmält och upphöjt och njöt av vistelsen i vuxenvärlden. När läskedrycken var urdrucken reste vi oss värdigt och gick ut.

Just som vi hade kommit ut från konditoriet så greppade en hand tag i nacken på Laila och en ilsken röst väste fram:

- Vad i Herrans namn håller ni på med! Är ni inte riktigt kloka? Va!

Lailas äldre syster Barbro hade fått syn på oss. Hon hade redan passerat den ålder då fantasi och upptäckarlust regerar ens handlande och såg i stället som sin plikt att uppfostra sin lillasyster.

- Mammas finaste hatt! Hur kan du bara tro att du får låna den! Och vad har du på munnen?

Några svar inväntade hon inte utan hon fortsatte att ösa bannor över oss och hotade att skvallra om vi inte genast gick hem och la tillbaka sakerna. Vi lovade dyrt och heligt att aldrig mer ta ut hattarna på stan och med det lät hon sig tydligen nöja, för vi hörde aldrig ett ljud från våra mammor om saken och vi hade ju inte lovat att aldrig mer använda hattarna, så vi var också nöjda.

En dag i början av hösten kom Laila och berättade att vildkatterna på hennes gård hade fått ungar. Hon hade sett dem och de var jättesöta!

- Åh, kan vi inte ta hem var sin!

- Det går inte! Dom är jätterädda! Mammakatterna också!

Vad att göra? Det måste gå på något sätt! Vi funderade en stund och insåg att det enda raka var att locka dem med något. Strömming! Det tyckte katter om. Ingen av oss hade någon strömming hemma och skulle man köpa så kostade det pengar. Men nu tog en plan form.

Vi tyckte båda två om att rita och nyligen hade vi lärt oss att skugga här och var på teckningarna och tyckte vi hade tagit ett jättekliv framåt på konstens väg. Vi kunde ju göra vackra tavlor som vi skulle kunna tjäna pengar på!

Med iver satte vi igång att måla korgar med blommor och solbelysta röda stugor, allt sådant vi själva tyckte var fint. Två dagar senare hade vi fått ihop en liten bunt och kunde starta vår försäljarkarriär. Vi tänkte gå runt och knacka dörr, men inte där vi själva bodde. Nej, där kunde Barbro eller någon skvallerbenägen tant hindra oss. På andra sidan stan fick det bli. Glada i hågen traskade vi iväg och vi blev inte ett dugg förvånade, när den första tanten som vi knackat på hos, öppnade och sa:

- Men oh så fint! Det är klart att jag vill köpa en tavla! Vad kostar de?

- Tjugofem öre!

Tanten betalade och önskade lycka till och vi fortsatte till våningen ovanför. I den första lägenheten var det ingen hemma, men i den andra hade vi tur. En glad, väldigt glad farbror öppnade och undrade om det var en ängel som hade skickat oss. En tavla, det var precis vad han behövde för att ge till sin fru! Han valde en med en bukett blommor och gav oss tre tioöringar och ville inte ha något tillbaka. Efter att ha besökt några portar till så var teckningarna slut och vi räknade ihop våra pengar.

- Två kronor och fem öre! Det måste räcka till strömmingen!

Det gjorde det, till ett rejält paket.

Allt var noga planerat. Vi hade införskaffat en stor kartong och ett långt snöre. Det band vi fast i ena sidan på kartongen, som vi ställde på kant med snörsidan uppåt. Snöret ledde till en stor sten som vi gömde oss bakom. I kartongen låg strömmingen, förutom en som låg en bit bort och skulle vara lockbete. När katten sedan hade kommit in i lådan för att kalasa skulle vi rycka i snöret och kartongen välta över katten och sedan skulle det bara vara att lyfta ut den lilla sötnosen.

Vi kröp ihop bakom stenen och väntade och väntade. Tiden gick långsamt och skymningen kom, men ingen katt syntes till. Men så till slut närmade sig i alla fall en liten en, som sakta gick fram till den utslängda strömmingen. Han nosade försiktigt på den och satte sedan igång att äta. Efter en stund sträckte han på sig och slickade sig om nosen och traskade därefter bort, mätt och belåten, samma väg som han hade kommit utan att ha tittat åt lådan. Ingen annan katt syntes till och nu började det bli mörkt. I lådan låg all övrig strömming kvar. Den fick ligga där och vi gick hem till oss med vårt misslyckande.

1950

Året började med att jag gick gipsad. Höger arm var bruten efter att jag sprungit för fort tidigare och hamnat framstupa, då vi lekte kull. Axeln hade hoppat ur led och föranlett en sövning på sjukhuset för att dra den rätt igen. Jag slapp skolan ett tag och hade gott om tid till att läsa Bigglesböcker, men att skriva eller ställa upp tal i räkneboken gick ju tursamt nog inte.

- Du kan väl försöka skriva med vänster hand, tyckte mamma.

- Nej, det går inte! Då kommer fröken tycka att jag skriver fult! Det är bättre att jag övar mig på att läsa i stället.

- Hm! Nästa vecka får du i alla fall gå till skolan igen, så får väl fröken bestämma.

Våren passerade med nya färdigheter och idéer. Våra revir utökades och vår skicklighet i allehanda gymnastiska övningar förstärktes, när vi lekte gymnastikskola på gräsmattan framför huset. På den lilla parkeringsplatsen, där det sällan stod några bilar grävde vi gropar och spelade kula. Att kunna bolla med både två och tre bollar blev en nödvändighet och tomma, släta husväggar, såväl hemma som i skolan blev övningsfält. Tiden fylldes av vår förkovran och ordet långtråkighet var ännu inte uppfunnet.

Dagarna före skolavslutningen var vi upptagna med att öva på våra framträdanden vi skulle ha på examensdagen. I min klass skulle vi spela upp Elsa Beskows Blomsterfesten i täppan. I skolan tillverkade vi blomkostymer i kräppapper och vi förvandlades till florans vackraste blomster.

- Äntligen förstod skolan vad barn behövde!

Jag skulle vara den lilla käringtanden som satt och grät över sitt namn. Det var så roligt att gråta, så jag beslöt att skådespelerska, det skulle jag bli. I Lailas klass skulle man sjunga och hon övade på sånger.

Hemma provade vi våra nya klänningar som våra mammor sytt, i siden med volanger och det var väl enbart deras skönhet som gjorde att vi stod ut med att stå stilla under de stunder som behövdes för provning.

En dag strax efter skolavslutningen då jag kom hem efter dagens lek mötte mamma mig i dörren och sa att jag skulle få sova över hos Laila. Vi skulle sova där båda två. Lite konstigt var det att mamma också skulle sova över där, men jag funderade inte mer över det. Det fanns så mycket annat mycket viktigare att tänka på. Dagen därpå skulle vi få åka till ett sommarhem på en bondgård med katter och kor, får, grisar och hästar. Vi hade ansökt i skolan om att få åka på koloni och blivit erbjudna det här i stället. En helt ny okänd värld väntade på oss och vi skulle få vara tillsammans och upptäcka den. Den lilla oro som fanns över att lämna mamma och pappa manövrerades ut av spänning och förväntan.

Våra mammor följde med på tåget till Stockholm där en tant skulle ta över och ta hand om oss och några fler barn för att sedan lämna oss på de ställen dit vi skulle.

På Centralen vinkade vi adjö till våra mammor som med blanka ögon kramade om oss och förmanade oss om allt vi inte fick göra.

- Var nu riktigt snälla och lydiga! Tanten och farbrorn ni ska bo hos tycker det ska bli så roligt att ha er där i sommar. Är ni bara snälla så kommer ni att få göra så mycket roligt, umgås med alla djuren, åka hölass, plocka smultron och ge kalvarna mjölk. Det kommer att bli så bra!

Vi lyssnade med stängda öron på förmaningarna och nickade och såg framför oss hur vi äntligen skulle få kela med katter.

Sigrid

Det var med både ledsnad och lättnad vi vände hem efter att ha lämnat av Mia och Laila för färd till sommarhemmet. Vi pratade med varandra på tåget hem, Vivi och jag, om hur roligt vi trodde det skulle bli för döttrarna att få umgås med alla djuren och hur nyttigt det skulle bli att få se lite av alla de sysslor som fanns på en bondgård för att inte tala om all frisk luft.

Jag mindes min egen barndom och hur mycket jag hade tyckt om kontakten med djuren på den lilla gård vi hade haft och hur jag stundtals hade längtat tillbaka till de åren trots storstadens alla förströelser. Korna dessa förnöjsamma varelser som kom emot en då man gick in i hagarna, hästen som kom fram till trappen för att tigga socker och de söta kalvarna som i sin iver efter mjölk snuttade tag i vad de kom åt, alla fyllde de ett behov både av att vara behövd och att få klappa och ge ömhet. Nu skulle Mia få uppleva detta och jag gladde mig å hennes vägnar.

En viss oro blandade sig dock med förhoppningarna. Mia kunde vara lite väl påhittig och inte alltid så medveten om sin omvärld, men nu var hon ju ändå så pass gammal att hon kunde förstå och akta sig för de faror som kunde finnas. Jag hade ju dessutom talat med henne och försökt inpränta hur viktigt det var att lyda sina sommarföräldrar. Nej, det skulle nog gå bra! Det måste det göra! Och hon hade lovat att inte simma ut på djupt vatten. Jag hoppades att det var i ordets alla bemärkelser.

Från stationen i Södertälje promenerade vi Järngatan och Storgatan fram förbi torget och kyrkan för att sedan skiljas åt för sommaren. Syateljén skulle vara sommarstängd och jag skulle resa upp till min svägerska och hennes familj som drev ett pensionat i Dalarna. Det var snart midsommar och hon behövde all hjälp hon kunde få och hade sagt att jag var så välkommen. Jag hade inte sagt något om varför jag ville komma men jag tror att hon anade att något hänt och att prata om det i telefon, det gjorde man inte.

Ulf var inte hemma då jag kom hem. Han hade ett kvällsskift och jag kunde packa ner det jag skulle ha med mig i lugn och ro. Tidigt i morgon bitti skulle jag ta ett tåg till Stockholm för att sedan byta och ta tåget till Mora. Jag skulle sova då han kom hem och han skulle sova då jag gick. Det passade bra. Jag orkade inte ta något mer upphetsat gräl nu. Jag ville bara iväg. Jag fick väl ringa honom sedan från Centralen och säga att Mia kommit iväg som hon skulle och att jag var på väg till hans syster och om han hade något att säga kunde han ringa dit sedan.

Jag hade svårt att somna. Jag spelade upp gårdagens händelser om och om igen som om de skulle bli annorlunda nästa gång jag gick igenom dem. Det blev de förstås inte. Varje gång var han lika oförstående inför min upprördhet och varje gång såg han ut som att det var han som blivit utsatt för förnedring och inte jag och när min besvikelse och ilska blev hörbar blev han arg. Han slog mig inte. Det skulle han aldrig göra. Det var han alldeles för stolt för. En riktig man slår inte någon som är svagare och framför allt inte en kvinna och när man slogs fick inga ojusta slag förekomma, inga slag under bältet. Boxningens normer genomsyrade en riktig mans uppförande.

Jag hörde honom när han kom hem. Han gick in i köket och tog väl något att äta. Jag hörde dörrar som stängdes och vatten som rann. Efter en stund blev det tyst och han gick in i sitt sovrum. Jag låg vaken en stund till och funderade på vad jag skulle säga till Ingeborg, svägerskan. Så småningom somnade jag och när jag efter några timmars sömn steg upp, smög jag med tysta steg för att inte väcka honom och stängde ytterdörren ljudlöst efter mig.

Jag tyckte om att åka tåg. Det var så rofyllt. Man hade lov att bara sitta där, sitta i tankar medan ögonen gled över skog, åkrar och ängar. Alla måsten fick ställa sig i kö och vänta på sin tur. Jag hade åkt sträckan många gånger förr, både själv och tillsammans med Ulf och Mia.

Ingeborg, Ulfs storasyster blev som en storasyster för mig också, en trygg person att ty sig till, någon som fyllde ett stort tomrum jag burit med mig sedan barndomen. Efter att min mor gått bort alldeles för tidigt i livet försvann så mycket av självklar omtanke. Jag slussades runt bland släktingar några år tills min far tillsammans med en ny kvinna hade möjlighet att ta hand om mig igen. Jag fick syskon och blev den som skulle finnas till hands.

Efter konfirmationen var det dags att stå på egna ben. Första platsen blev som hjälp i hushållet hos en familj i grannbyn. De hade ett fint och rymligt hem som skulle vara blankpolerat och välskött och husfrun inspekterade allt med rovfågelsögon. Maken var snäll, tog sig inga friheter som man hade blivit varnad för att manfolk gärna gjorde, men han hade heller inte något att säga till om. Efter ett år av långa arbetsdagar beslöt jag mig för att söka en hembiträdesplats i storstaden. Jag hade inte tjänat många kronor, men jag hade lärt mig en del om finare matlagning och tyckte sedan tidigare att jag behärskade det mesta man behövde kunna i ett hushåll. Frun i huset blev inte glad då jag sa att jag ville sluta.

- Nä, det trodde jag inte om Sigrid, att hon skulle svika mig så! Nu när hon börjar bli uppptränad då tänker hon ge sig av. Skäms! Hon borde vara tacksam över att få vara i vårt hus!

- Tacksam, tänkte jag, som om man inte hade gjort rätt för sig! Att vara den som var först upp på morgonen och tände i spisen och kakelugnarna, bar in ved och vatten och lagade frukost och sedan fortsatte med disk, tvätt och städning och var behjälplig med middagsmatlagningen och kvällsmaten för att sedan vara den som såg till att köket var rent och avtorkat före läggdags? Men jag sa inget, bara att jag behövdes hemma, och så var det, slåttern krävde många armar, men sedan skulle jag till stan.

Det var inte svårt att få en hembiträdesplats. Det fanns många hushåll på den tiden som skriade på hjälp. Stora tungarbetade våningar krävde mer arbete än vad husfruarna mäktade med. Efter några år i olika hem sökte jag ett arbete på en lunchrestaurang och hamnade i Södertälje.

Att hitta ett boende var lätt på den tiden och nu kändes friheten enorm, fasta arbetstider och en fritid man bestämde själv över.

Det var där jag mötte Ulf. Vi hade många stamgäster och han tillhörde en av dem. Han var oftast i sällskap med några andra män, men inte alls lika skojfrisk och gladlynt som de. Nej, det vilade ett allvar över honom. Han såg oerhört bra ut och han var välklädd. Han var en aning reserverad, men artig och vänlig. Jag kunde inte låta bli att undra över honom, märkte att de andra tittade respektfullt på honom då han talade och det var lite så jag också såg på honom.

En dag strax före stängning med ett bara ett fåtal gäster kvar kände jag plötsligt en hand vid ryggslutet och en okänd röst som viskade i mitt öra:

- När slutar lilla fröken då?

Förnärmad vände jag mig om och talade argt om att det faktiskt var min ensak.

- Jaså, hon har humör! Det tycker jag om, sa rösten och försökte på nytt röra vid mig.

Innan jag hunnit svara grep en hand tag i honom och mannen som ingrep frågade vad som kunde få honom att tro att han hade någon som helst rätt att ofreda servitrisen.

- Det ska inte du lägga dig i!

- Det är precis vad jag ska göra och om du inte genast packar dig härifrån så kommer du att ångra det ett bra tag framöver! Mannen som ingripit var Ulf. Då visste jag inte hans namn men han presenterade sig och sa att han inte tyckte om slödder.

Efter den dagen hälsade han varje gång på mig då han kom och han såg inte lika allvarlig ut, tyckte jag.

Senare fick jag veta att han tidigare hade slagit ner en man som i en liknande situation hade uppträtt illa och vägrat lämna väntsalen på stationen.

Vi började prata med varandra och efter någon månad frågade han om jag kunde tänka mig att göra honom sällskap på bio någon kväll. Han lät mig välja vad vi skulle se och valet föll på Seger i mörkret, en film som nyligen haft premiär och som många talade om, en film med Bette Davis och Humphrey Bogart, kända, stora stjärnor. Han hade säkert inte valt den själv, för han hade inte så mycket att säga om filmen efteråt och det var jag glad för eftersom jag inte heller hade det. Jag mindes knappt innehållet. Jag hade varit totalt blockerad av mina känslor i samband med vår träff. Filmen och världen runtomkring bildade bara bakgrund till vad som hände inuti mig. Förväntan, oro att inte räcka till, rädsla att säga eller göra något dumt, overklighet och salighet.

Han höll mig inte i handen eller något sådant, men sätena var smala och våra armar nuddade varandra under filmen och hela kroppen koncentrerades till detta lilla område som glödde och vibrerade.

Han ville ses igen och jag var djupt förälskad i honom, mer än jag varit i någon annan. Han förkroppsligade de föreställningar jag hade skapat mig om den rätte mannen efter alla filmer och följetonger, den man som aldrig hade funnits i verkligheten. Han talade väl och uppförde sig som man skulle och han kunde och visste så mycket inom så många områden. Jag beundrade honom och trodde på evig kärlek.

Vi sågs hela hösten och i januari månad gifte vi oss i rådhuset. En arbetskamrat till honom med sin fru var vittnen. Någon brölloppsfest ville han inte ha och jag tyckte väl att det var lika bra, för min far hade aldrig kunnat bekosta det, inte då i alla fall. Jag sade upp mitt rum och packade ner mina saker och flyttade in till honom i hans enrummare.

Dagen därpå åkte vi till Stockholm för att besöka hans far.

En hushållerska öppnade för oss och visade in oss till salongen där hans far reste sig upp från att ha suttit med dagens tidning och kom emot oss.

- Välkommen kära Sigrid! sa han, så roligt att min son funnit någon han vill stadga sig med. Och gift er har ni också gjort utan att man fått veta något. Inte förrän igår. Det beror på honom förstår jag. Han är inte mycket för att prata och hålla kontakt, men det har hon väl redan märkt antar jag.

- Tack, sade jag, det känns trevligt att få komma hit och jag vet inte varför Ulf inte sagt något. Han kanske ville överraska.

Medan vi stod där och samspråkade ringde det på dörren och strax därefter kom en kvinna, något äldre än jag själv in, i sällskap med en man. Hon gick fram till min svärfar, kysste honom på båda kinderna och frågade:

- Hur mår du pappa? Bra hoppas jag!

Därefter gick hon fram till mig, omfamnade mig och sa:

- Välkommen till familjen! Jag glädjer mig så att Ulf funnit någon. Jag är hans storasyster som du nog kan gissa. Ingeborg heter jag och de senaste tio åren har jag inte kunnat styra över honom, än mindre fått veta vad han tänker och vill. Men det är väl så det ska vara och nu känns det bra att han har stadgat sig.

Hon log varmt och fick mig att känna mig väl till mods. Så presenterade hon sin man Holger och efter en stunds småprat kom hushållerskan och meddelade att middagen var serverad.

Nervositeten inför mötet med familjen hade försvunnit nu. Deras vänliga bemötande hade fått den att släppa och middagen förflöt under trevligt småprat. Vid desserten meddelade Ulf att han en vecka senare skulle åka till Finland för att ansluta sig till ett frivilligförband. Jag visste det sedan tidigare och antog att det kanske var anledningen till att vårt giftemål kommit så hastigt på. Han hade aldrig frågat mig vad jag tyckte om hans beslut och hade han gjort det skulle jag nog inte svarat sanningsenligt.

Det blev alldeles tyst en kort stund. Sedan reste sig hans far upp och utbringade en skål för sin son med orden:

- Det krävs mod för det du ska göra! Må det gå dig väl och du ska veta att jag är stolt över dig! Skål Ulf!

Lite senare när vi lämnat bordet hade Ingeborg talat lågmält till mig och frågat hur jag kände det.

- Jag förstår honom inte. Just nu! Hur kan det vara så viktigt att ställa upp, låt vara för en god sak, men att riskera sitt eget liv och nu? Män kan vara besynnerliga! Men det är väl den där pliktkänslan som han alltid haft.

Jag höll med och tillade att ibland var det nog det bästa att inte säga något alls.

En vecka senare gav han sig iväg. Han hade inte verkat ängslig inför avfärden, snarare förväntansfull och dagen före hade det nästan känts som att han redan var på väg. Först på kvällen återvände han mentalt till mig och jag såg en mer öm sida av honom än tidigare.

- Skulle något hända mig, så kommer min far att hjälpa dig! Tveka inte att hålla kontakten med honom!

Jag lovade det och sa att jag även lovat Ingeborg att höra av mig. Jag lyckades hålla tårarna borta under natten, men på morgonen vid vårt avsked gick det inte längre. Han såg både besvärad och rörd ut, som att han inte visste hur han skulle bete sig, men han höll om mig hårt och länge och sa uppmuntrande:

- Seså, jag är snart hemma igen. Vi har klarat av ryssen förr och det ska vi göra nu också!

Efter en vecka kom det ett kort. Han skrev att allt var bra och att han skulle ut i fält så det torde nog dröja innan han kunde skriva igen. I samma veva började jag tro att jag var gravid. Att jag ibland kunde vara sen kunde så vara, men inte dryga tre veckor.

Jag beställde en läkartid och när jag fått mina misstankar bekräftade ringde jag Ingeborg som gladdes med mig. Hon och maken var fortfarande barnlösa, men längtade så efter barn och tills dess kunde hon väl få vara nära mitt och Ulfs barn. Jag reste upp till Stockholm varannan söndag och vi umgicks och hon blev ett stort stöd för mig i min ängslan för Ulf och för framtiden.

Månaderna gick utan att någon av oss hörde något från Ulf. Min svärfar visade inte så mycket av sin oro, men när det slutligen blev vapenvila och trupperna började återvända utan att vi hörde något, då syntes även hans ängslan. Veckorna gick, men så kom det en dag ett telegram.

- Kommer i morgon.

Ingeborg

- Holger, kan du åka och hämta Sigrid själv vid stationen. Jag måste förbereda en del för middagen. Det vore bra om jag hann få undan lite innan hon kommer. Går det bra?

- Visst! Jag tar Karin med mig. Hon tycker det är roligt med en bilutflykt.

- Ja, gör det!

Så gick de och jag snyggade upp i matsalen och hämtade upp behovet av potatis från källaren och de konserverade päronhalvor som skulle behövas till efterrätten. Jag satte igång Stina, hushållshjälpen med att skala potatis och jag gick upp till det privata gästrummet för att bädda och göra det trivsamt. De första prästkragarna hade kommit och jag tog med mig en bukett och satte i en vas på bordet. Det luktade fortfarande såpa från golvet sedan vi hade skurat huset tidigare i veckan inför säsongen. Fönstret stod en aning på glänt och vinden förde in en doft av sommar.

Jag tyckte det skulle bli trevligt att ha Sigrid här, men jag undrade lite hur det stod till. Naturligtvis kunde inte Ulf komma med. Han hade väl inte semester än och Mia hade jag hört hade åkt till ett sommarhem på landet.

- Lilla Mia, tänkte jag, så glad jag blev då du kom till världen!

Jag hade själv längtat så efter ett barn och nu hann Ulf före och det hade jag väl aldrig trott. Jag tänkte också att det var precis vad han behövde, känna ansvar för både fru och barn och lämna mansvärlden lite. Sigrid lät mig glädjas med henne, lät mig få vara den snälla fastern som kunde få skämma bort lite ibland. Det var nog det som gjorde att jag några år senare blev gravid till sist, att jag fick min egen lilla solstråle Karin.

Det var fyra år sedan vi flyttade hit. Dalarna hade haft en särskild plats i mitt hjärta sedan barn- och ungdomsåren då vi tillbringade många somrar här. När jag sedan såg en annons om ett pensionat till salu ett par år efter pappas bortgång och Holger förstod hur gärna jag ville det här så sa han:

- Vi slår till! Är det här din dröm så får det bli min också. Affärsvärlden börjar trötta ut mig. Det är dags att ta det lite lugnt. Vi gör det. Vi köper stället!

Jag var så tacksam mot honom och jag trodde inte att han heller hade ångrat sig. En annan som gladde sig var Ulf. Han kände redan till bygden, hade goda vänner i kyrkbyn och var med i vännernas jaktlag. Även han hade påverkats av barndomens upplevelser och fått sina trådar hit.

Barndomen ja, den kändes väldigt långt borta nu, en helt annan värld! Jag hade varit tolv år den dag mina föräldrar skildes och mamma flyttade från oss. Ulf var bara fyra år, Ingen hade sagt något i förväg. Ingen hade förklarat varför, bara sagt att vi skulle bo kvar hos pappa och att vi skulle få hälsa på mamma ibland. Jag vet fortfarande inte varför de skildes. Mamma hade varit teaterskådespelerska innan hon gifte sig. Hennes far hade haft ett resande teatersällskap och kanske blev livet som mamma och husfru för enahanda jämfört med hennes tidigare liv.

Jag besökte mamma ibland men Ulf ville inte. Han blev pappas pojke i alla avseenden. Han beundrade honom och han strävade hela tiden efter att bli sedd av honom. Han deltog i alla aktiviteter som det förväntades att en pojke skulle göra. Han boxades, han tränade friidrott, sprang och hoppade och han gick på fäktning. Han tyckte det var roligt och han ville hela tiden bli bättre, men jag tror också att han ville ha och behövde uppmärksamhet, i synnerhet pappas. Själv spelade jag piano och målade akvareller, saker som passade för en flicka och det passade mig. Jag tyckte om musik och blev med tiden riktigt duktig att spela.

Pappa sysslade med affärer, ägde fastigheter och fabriker och inte bara i Stockholm så han var tidvis borta. Då bodde vi hos fastrarna. Vi hade det bra. Det var många som månade om oss, men också många som ville inpränta lydnad och moral. Guds ögon transplanterades in i oss för att kontrollera att vi skötte oss. Det fungerade väldigt väl, fast Ulf trodde nog att han samtidigt skulle se till att alla andra också skötte sig och kunde stundtals se sig föranlåten att med knytnävarna rätta till oförrätter runt omkring sig.

När Ulf skulle börja i sista ring gjorde pappa konkurs. Aktierna, fabrikerna, sommarhuset i Tällberg och de flesta hyresfastigheterna försvann. Konkursen passerade inte obemärkt. Han blev inte helt barskrapad, men jag tror att Ulf tyckte det var väldigt pinsamt. Norra Real miste en elev som istället tog värvning på Dalregementet. Själv bodde jag kvar hos pappa ett tag till och under den tiden träffade jag Holger.

Nu hörde jag bilen komma och jag gick ner för att välkomna Sigrid.

Sigrid

- Välkommen kära Sigrid! hörde jag
Ingeborg säga samtidigt som hon sträckte ut
armarna och omfamnade mig. Så roligt att
se dig igen!

Det kändes som en del av den tryckande
olusten lyftes av mig då jag hörde Ingeborgs
varma röst och kände hennes armar omsluta
mig. Att umgås med Ingeborg var som att
vaggas av välvilja. Hon fick människor runt
sig att må bra och nu behövde jag det mer
än någonsin.

Holger tog mina väskor och vi gick in. Han
bar upp dem till våningen ovanför och vi
följde efter. Ingeborg visade in mig i ett av
gästrummen.

- Här Sigrid, tänkte jag att du skulle logera
och det kanske bara blir vi på den här

våningen. Än så länge är det bara gäster i annexet, men man vet inte. Det är ju några dagar kvar till midsommar, så vi får väl se. Gör dig nu i ordning så går jag ner och sätter på kaffet, så ses vi om en stund!

Rummet andades omtanke. De vita gardinerna rörde sig med små glädjeskutt i luftdraget och på fönsterbrädan lyste en pelargon. På bordet låg en duk i vitbroderi och på den stod en vas med nyplockade blommor. Jag rördes och värmdes. Efter att ha hängt upp blusar och klänningar i garderoben och lagt in övrigt i byrån ställde jag undan väskorna och tog med mig ett paket med en liten nalle och en sommarklänning i till Karin och gick ner.

Det skulle smaka riktigt bra nu med kaffe. Jag hade inte unnat mig det under resan, ville hellre njuta av det nu. Ingeborg hade dukat upp på en bricka som vi tog med oss till matsalen. Jag räckte Karin paketet och sa att det ena som var i var från mig och det andra var från Mia och undrade om hon kunde gissa rätt. Det kunde hon förstås och Ingeborg sa:

- Så perfekt! Vi har nyligen konstaterat att det finns ett behov av nya sommarkläder och den här klänningen är ju alldeles bedårande. Tack, snälla du!

Jag blev glad över att Ingeborg tyckte om klänningen och erbjöd mig att sy fler saker som Karin kunde behöva. Det kändes bra om jag kunde vara till nytta. Hon tackade och frågade mig hur det var med Mia.

- Hon tyckte väl det skulle bli spännande att få komma till en bondgård antar jag, eller hur? Du har väl sagt åt henne att skriva och berätta?

- Ja, det har jag och jag talade om att jag skulle åka till er och lämnade adressen hit, så vi får väl se om det kommer något brev någon gång.

- Ja, det gör det säkert! Och hur är det med Ulf? Ingen semester i sikte eller...?

- Nej, inte än på ett tag. Han har sen semester i år.

- Och lite spar han väl till älgjakten förstås!

- Ja, den vill han absolut inte missa. Jag undrar vad som skulle hända om han inte fick den tiden beviljad för ledighet. Det skulle inte förvåna mig om han sa upp sig.

- Nej, inte mig heller! Man får hoppas att det inte är någon risk för det, men folk står väl knappast i kö för den tiden i städerna. Ja, det är konstigt med hans passion för det. Han är ju och har alltid varit en sådan djurvän. Jag minns hur mycket han brydde sig om Balder, vår S:t Bernhardshund, som vi hade i hans ungdom. Det var nog han som tog mest hand om honom.

- Ja, han förstår sig på djur. Han förstår sig på dem bättre faktiskt än vad han förstår sig på människor. Han har alltid tagit väl hand om våra hundar. Nu har vi ju bara Klinga kvar, men hon har också alltid varit hans ögonsten. Hon får oftast vara med honom på arbetet och på rasterna tar han henne med ut.

- Ja, våran lilla Topsy tycker också om honom. Somliga har den där förmågan att knyta an till djur.

När Holger och Karin lämnat rummet sa Ingeborg att hon förstod att något särskilt hänt och att vi kunde prata mer i morgon om jag ville. Då skulle Holger ta med de gäster de hade nu på en dagsutflykt till en fäbod och vi skulle då kunna umgås i lugn och ro. Nu var det dags att sätta i gång med middagsmaten.

Ingeborg tog hand om matlagningen med hjälp av Stina och jag dukade. Karin hade bäddat ner nallen hos en docka i dockvagnen och gick och drog den mellan Holger i arbetsrummet och oss i kök och matsal och pratade ömsom med oss och ömsom med nallen och dockan.

Gästerna började komma in efter en skön dag med promenader i omgivningen och de var hungriga. De hade börjat bekanta sig med varandra och tycktes trivas i varandras sällskap och middagen förflöt under ett gemytligt sorl.

När middagen och disken hade klarats av och kaffet efteråt serverats gick Ingeborg in i salongen och satte sig vid pianot. Med mjuka händer spelade hon gamla folkvisemelodier och de gäster som var kvar förlängde samvaron med varandra och med oss och kvällen gav en försmak av midsommar.

Vid tiotiden hade samtliga gäster gått till sina rum och vi snyggade till i salongen och gick därefter till sängs. Jag borde vara trött efter att ha varit i gång så länge, men alla nya intryck blockerade sömnsignalerna och lät tankarna få härja fritt.

- Hur kunde det ha blivit som det var? Den lycka jag känt då Ulf kom hem från Finland var ju så enorm. Den förstärktes naturligtvis av lättnaden över att han kommit oskadd hem igen. Men var han oskadd? Något hade hänt med honom. Det verkade som han sörjde fronten. Han berättade inget, bara att det hade varit väldigt kallt. Men han blev faktiskt glad över att höra att vi väntade barn.

Till sommaren slutade jag mitt arbete och Ulf sa upp lägenheten när han hittat en liten stuga ute vid Södertälje Havsbad för uthyrning. Han månade om mig och jag tyckte att vi hade det bra. Stugan låg lite ensligt, men det gjorde ingenting. Jag hade sällskap av Klinga, och vi tog långa skogspromenader och jag saknade inte stadslivet. Jag plockade bär och syltade och saftade. Jag hade tid att förbereda för barnet. Jag sydde och jag stickade. När jag tänkte på det nu, så insåg jag att det nog var den bästa tiden vi haft tillsammans. Det var en tid av lugn och förhoppningar. Ute i världen rasade kriget, men det nådde aldrig fram till mig.

I september månad fick jag värkar och åkte till BB och lilla Mia föddes. Ett vattenfall av sinnesyttringar sköljde över mig.

- Mitt barn! Mitt liv att skydda! Min mening! Min framtid! Min glädje!

Att det blev en flicka var ingen överraskning. När jag tänkt på barnet så var det omedvetet alltid en flicka. Kanske för att en flicka mer blev en förlängning av ens eget liv. Hon var jag, ett bättre jag, ett jag att forma till det bästa. Vad Ulf hade förväntat sig visste jag inte. Han sa aldrig något, men jag trodde nog att han fantiserat kring hur man danar en son. Han visade i alla fall inget annat än glädje.

När oktober månad kom började det bli kallt i huset och vi insåg att det inte skulle gå att bo där på vintern. Det var inte lika lätt längre att få en bostad som tidigare. Efter en tids sökande hittade vi ett enkelt litet hus nära stationen som var ledigt och tyckte att det skulle passa. Det saknade alla bekvämligheter, men det var vi vana vid så det störde inte. Det fanns en vedspis i köket och en kamin i rummet så vi skulle inte behöva frysa. Lite möbler hade vi sedan tidigare, ett bord, några stolar och varsin säng. Vi fick en byrå av svärfar och vi köpte en barnsäng. Jag sydde gardiner och Ingeborg skänkte oss en matta. Det blev riktigt trevligt, vårt första riktiga hem.

Klinga fick valpar och vi sparade en. De andra såldes. Varga fick hon heta och när Mia började gå var Varga halvvuxen och verkade tro att Mia var ett syskon och för Mia blev hon som en levande nallebjörn.

När Mia var två år drabbades hon av krupp. Det blev vistelse på lasarettet och man fick inte besöka sitt barn. Det var hemskt. Under den här tiden smittades hon av scharlakansfeber och skjutsades till epidemin för att isoleras. När jag sedan äntligen fick ta hem henne kände hon inte igen mig först. Förtvivlan genomborrade min kropp och med våta kinder anlände vi hem. Emot oss kom hundarna och då skrattade hon och sprang in i rummet och klättrade upp i sängen med Varga i släptåg.

- Vaja! kom det från henne och då var hon hemma.

Efter fyra år gick svärfar bort och jag saknade honom även om vi aldrig hade kommit varandra nära, men han hade besökt oss då och då på söndagsmiddagar och alltid varit vänlig och uppskattande och Ulf hade levt upp då han hade haft någon att diskutera samhällsproblem och världsläge med. För Ulf måste det ha varit en svår förlust. Han visade inte så mycket, men blev mer sluten än tidigare. Svärfar hade varit en av få människor han hyste aktning och respekt för, troligen den viktigaste personen i hans liv. Vem skulle nu bekräfta honom? Absolut inte jag! Till det dög inte jag. En kvinnas åsikt betydde inget. Deras beundran kunde man suga på som en söt pastill en liten stund, men det betydde ingenting. Det var ett behag som snabbt försvann. Arbetskamraterna betydde inte heller något. De flesta där betraktade han med sina egna ord som intelligensretarderade sillmjölkar. Naturligtvis sa han det inte högt till dem. Det var han för väluppfostrad för, men inför mig hade han yttrat de orden då jag undsluppit mig något någon gång om att de verkade trevliga. Vi hade inte stort umgänge, en kontakt från frivilligkåren lite sporadiskt, några släktingar och några gamla arbetskamrater till mig. De senare förväntade han sig inte så mycket av, så då gick de väl an och vännerna i Dalarna träffade han bara då han åkte dit på älgjakt.

Arvet efter svärfar var inte gigantiskt, men det räckte till att skaffa en bra modern bostad för som kunde möbleras med barndomshemmets möbler. Det var nästan otroligt, ha färdigt varmt vatten i kranarna, ha ett badrum och slippa skrymmande baljor som man aldrig visste var man skulle göra av, inte behöva ha eld i en spis för att få värme eller kunna laga mat och att slippa gå ut i rusk och kyla när man behövde uträtta sina behov. Ulf skötte allt. Han visste precis var allt skulle placeras. Framför öppna spisen la han en isbjörnsfäll och i resten av rummet ställdes matsalsmöbeln in. Ett av rummen blev herrum med bokhylla, rökbord och ottoman och sköna stolar. Ovanför dörren hängde två korslagda sablar och på väggen bredvid ett flertal gevär. På bokhyllan stod en bronsstaty av ett lejon bredvid en sorts handgranat. När rummet var klart deklarerade han att han ville ha det som sitt sovrum.

Det störde mig inte. Mia och jag tog det lilla rummet intill köket som vårt och det kändes tryggt att ha henne nära. Klinga fick sin plats i hallen men hon vandrade mest runt och intog de sängar där det fanns plats och Varga fanns inte kvar hos oss längre. I samband med älgjakten sist hade hon fått stanna hos en av vännerna i Dalarna. Det hade varit tänkt att bara vara några veckor tills Ulf skulle komma tillbaka för ett jubileum på regementet, men Varga hade funnit sig så väl till rätta där, mått så bra av all vistelse i skogen så hon hade fått stanna för gott.

Strax efter att vi fått ordning kom Ingeborg och Holger och hälsade på. De förstod att det kändes skönt med den nya rymliga och moderna lägenheten. När Ingeborg såg herrummet tittade hon frågande på mig och sedan sa hon vänd till Ulf:

- Jag ser att du har älgstudsaren beredd. Du tänker väl inte skjuta här från balkongen?

Hon fick inget svar. Han förstod tydligen att hennes ord rymde mer än vad hon sa.

En stund senare vid kaffet berättade hon att Mia skulle få en kusin. Hon sa det med andakt i rösten som att hon ville övertyga ett högre väsen om sin tacksamhet. Jag gladdes verkligen med henne. Ett nytt litet liv skulle få ta del av hennes omsorger. Jag kunde inte tänka mig en bättre mamma.

Onsdag

Efter gårdagskvällens bakåtblickande tankar som hade hållit mig vaken lite väl länge hade jag i alla fall så småningom somnat. Fönstret hade fått stå på glänt och luften hade känts sval och frisk som ett försommarbad och jag hade sovit gott tills alla trädgårdens småfåglar hade startat dagen med att bli den som lät mest. Jag vaknade förstås, men fågelorkestern var inte irriterande. Det var något speciellt med fågelkvitter, det förknippades med glädje och förväntan och blev därmed vackrare än det egentligen var. Vissa saker är så, bär en osynlig klädnad av något annat.

Det såg ut att bli en vacker dag, passande för gästernas fäbodsutflykt. Jag visste sedan tidigare att man fick gå ganska långt efter att vägen tagit slut innan man nådde sitt mål.

Men väl där hade man en vidunderlig utsikt över bygden och jag kunde tänka mig att de skulle uppskatta dagen.

Jag gick ner till köket där Ingeborg börjat med frukostbestyr och frågade vad jag kunde göra.

- Ta lite kaffe först och vad du vill äta, så kan du få göra smörgåsar sedan till utflykten! Själv ska jag gå upp och se till att få Karin klar ifall hon vill följa med.

Det ville hon och Holger var beredd på att få bära lite ibland. Efter en rejäl frukost och god stämning gav de sig iväg och vi dukade av och diskade och satte oss sedan utpustade på verandan med påtår och kaka och Ingeborg såg på mig och sa:

- Ja, Sigrid, du ska veta att jag är glad över att ha dig här. Både för att det är roligt och för att jag kan behöva hjälp. Holger gör ju så mycket, men i köket är han bara i vägen och jag vet att det kan bli snärjigt om vi får fullbokat hela sommaren. Så känn dig behövd! Men det är väl inte bara för att träffas du har kommit kanske? Anar att det är Ulf som ligger bakom. Vad är det som har hänt?

- Jag vet knappt vad jag ska säga och var jag ska börja, men det har med Ulf att göra. Det är inte bra och jag vet inte hur jag ska gå vidare. Jag var bara tvungen att komma bort. Tänkte att det skulle vara lättare med lite avstånd till det som hänt.

- Och vad är det som hänt då?

Det kändes svårt att berätta, obehagligt, som att förråda någon, så jag blev tyst en stund, tvekade om jag skulle säga som det var eller skylla på något annat. Men det skulle ju i sin tur vara som ett svek det också, ett svek mot Ingeborg som att hon inte var betrodd att dela mina tankar. Jag bestämde mig för att ärligt tala om vad som hänt.

- Jo, det var så att jag var tvungen att gå hem från syateljén för några dagar sedan för att hämta en sak jag behövde och när jag låste upp blev jag lite brydd för jag tyckte att jag hörde ljud inifrån. Mia var ju ute och lekte och Ulf var på arbetet trodde jag, så det var lite konstigt, men så hörde jag Ulfs röst inifrån hans rum, så jag gick dit och öppnade dörren och såg Majken, vår granne sitta på ottomanen med Ulfs armar runt sig och klänningen slängd på en stol.

När jag berättade om händelsen spelades episoden än en gång upp inom mig. Jag såg Majken lika tydligt som om hon fanns framför mig, hur hon suttit där med huvudet tillbakalutat och med halvslutna ögon tagit emot Ulfs sökande händer, hur det tagit någon sekund innan hon upptäckt mig och förfärat, hastigt rest sig upp, som om det skulle ha gjort någon skillnad. Jag såg hur hon sköt Ulf ifrån sig i någon förhoppning om att situationen skulle kunna räddas och hur hans oförstående min förbyttes i ilska då han fick syn på mig i dörröppningen.

- Nej, vet nån vad! Hur kunde han bete sig så?

- Jaa, det undrade jag också och när jag sa det så blev han arg och frågade mig hur jag bara kunde komma och slita upp dörren utan att knacka. Att han betett sig olämpligt medgav han inte. Han hade ju bara tagit emot vad som bjöds! Och när jag inte kunde hålla inne med min upprördhet blev han arg.

- Var det hans ursäkt att han bara hade tagit emot?

- Jaa. Majken hade smitit iväg illa kvickt, så det var ju lätt att skylla på henne.

- Och du tror att han skulle ha gått hela vägen?

- Jaa, det är jag nästan säker på.

Nu stockade sig rösten och tårarna kom.

- Egentligen borde jag väl inte säga det här till dig. Han är ju din bror, men det finns ingen annan jag kan anförtro mig åt och det känns som att jag behöver prata om det för att förstå vad som hänt och jag vill inte lämna ut honom till andra människor. Du tycker ju i alla fall om honom och jag tror att man måste göra det för att förstå!

Ingeborg höll om mig och sa:

- Ja, om jag förstår honom vet jag inte, men jag förstår dig i alla fall! Det måste ju ha varit fruktansvärt! Hur kunde han bete sig så? Man får väl ta emot! sa han så?

- Jaa, precis så sa han och det har varit hans ursäkt tidigare också då han varit otrogen. Nästan som om han bara varit artig.

- Så det har hänt förr!

- Ja, flera gånger som jag fått höra efteråt, men även om han skyllt ifrån sig då också har han i alla fall verkat lite ångerfull och bett om förlåtelse, ja inte ordagrant för så skulle han aldrig säga, men jag tolkade hans ord och beteende på det sättet, men nu var det annorlunda, nu blev han bara arg.

- Och du har förlåtit honom tidigare?

- Ja, jag har försökt i alla fall, men det har funnits där som en vägg emellan oss. Samtidigt som man känner sig sviken så undrar man också varför? Har man själv gjort något eller räcker man inte till? Det känns som att man inte duger.

- Så får du inte tänka! Jag tror att det är den här förbaskade manligheten som han har missuppfattat totalt och som han hela tiden söker bekräftelse på som är orsaken. Han är helt enkelt född i fel århundrade. Det är ju inte sådan manlighet som kvinnor idag vill ha!

- Jag vet inte. Det kanske är olika. Jag har ju märkt många gånger att kvinnor dras till honom. De gör sig till i hans närhet, tycker han är stilig och intressant och det är han ju! Så när han säger att han bara tar emot vad som bjuds så är det ju lite sant. Jag har svårt att tro att han gör några inviter själv faktiskt, men han är svag för kvinnornas smicker samtidigt som han ser ner på dem, men det märker de inte.

- Ja, du har nog rätt. Vill du att jag pratar med honom?

- Nej, säg inget om att jag pratat med dig, fråga bara hur länge du får ha mig här, så får vi se vad han svarar!

Hon nickade och klappade min hand och sa:

- Men Mia då, har hon märkt något av det här?

- Jag tror inte det. Hon är så uppe i sina lekar och är glad och nöjd nästan jämt. Nej, det skulle jag ha märkt i så fall. Jag hoppas vi kan hålla henne utanför så hon får behålla sin tillit till oss. Hon ser upp till Ulf, väldigt mycket och det vill jag att hon ska fortsätta att göra. Och vet du, det senaste är att han gett henne boxningslektioner!

- Va!

- Ja, hon kom hem en dag och beklagade sig över någon pojke som hade varit dum och hoppades väl på att Ulf skulle säga till honom, men istället sa han att hon skulle sätta sig i respekt och det gjorde man med nävarna och så visade han hur man försvarar sig och hur man slår.

- Men snälla nån, hon är ju en flicka! Inte vill han väl att hon ska bli en slagskämpe!

- Jag tror inte hon kommer att slåss. Det var nog mest roligt att få vara duktig inför honom och banka på honom.

Senare samma dag ringde han. Ingeborg lyckades låta som vanligt och sa att hon var så tacksam att få ha mig här nu ett tag. Det var så mycket att göra i köket. Pensionatet hade börjat gå så bra. Samma gäster kom tillbaka och det blev ju som ett bra betyg. Hur mådde han då?

- Jo, det var bara bra, hade han svarat och berättat att han skulle arbeta hela midsommar, lite extra dessutom, men helgen därpå skulle han få vara långledig och om det passade tänkte han komma upp då.

Hon hade svarat att han var välkommen och hela samtalet hade flutit på som ingenting konstigt hade hänt. Vi tittade på varandra med frågande miner och lite lättade över att vi sluppit en uppbragt konversation i telefonen.

Vi satte igång med maten och lagade till rejäla portioner. Vi anade att gästernas aptit skulle vara stor efter dagens långa promenad. Stina var ledig den här dagen för till helgen då skulle hon komma att behövas i långa pass, men vi var ju båda vana vid köksarbete och klarade oss bra.

När gästerna omsider kom stod allt klart i köket och i matsalen var det färdigdukat och en behaglig doft från syrenerna kom in genom fönstret och blandade sig med matoset som sipprade ut från köket. Alla var trötta, nöjda och hungriga. Karin var ivrig att berätta om dagen för oss. Hon hade sett en hare och nästan en björn.

- En björn?

- Jaa, han hade bajsat där vi skulle gå, mitt på stigen som vi gick på. Så gör inte min nalle!

- Nää, det är tur det, tyckte vi och bar in maten.

Efter mat och kaffe drog sig gästerna tillbaka till sina rum, trötta efter den långa vandringen och efter att ha tillbringat så gott som hela dagen utomhus. Vi gjorde klart och gick tidigt till sängs även vi.

Torsdag

Idag skulle några fler gäster anlända och fler rum iordningställas. Om två dagar var det midsommar, så mat skulle förberedas och Holger fick åka in till Falun för att kunna handla färsk potatis och kanske jordgubbar. Massor av björkris skulle plockas och två småbjörkar huggas för att sedan stå som väktare vid ingången. Gästerna som skulle anlända idag var bilburna och behövde inte hämtas vid stationen som tur var. Vi var fullt sysselsatta och det kändes bra att koncentrera sig på enkla handgripliga saker istället för att grubbla.

De nya gästerna anlände på eftermiddagen, ett medelålders par och ett äldre. Efter att Ingeborg visat dem var de skulle bo dukade vi fram kaffe och kakor från dagens midsommarbak. Den doft som spridit sig i huset krävde en provsmakning.

När kvällen kom och jag gick till sängs konstaterade jag att allt arbete under dagen hade upptagit mina tankar så mycket att funderingarna på Ulf inte fått något utrymme. Det var bra. De behövde nog lite avstånd och det var ju drygt en vecka kvar tills Ulf skulle komma upp, så jag hade tid att fundera lite senare.

Midsommar

Midsommar, sommarens begynnelse svepte in över oss och berörde våra sinnen. Klädd i naturens vackraste flor med grönskan fortfarande mild, med ängarna fyllda av ängsklockor, smörblommor, prästkragar och vägarna kantade med en sky av hundkex mötte den oss i tidig morgon med en kvardröjande doft från gräs, syren och liljekonvalj i skuggiga dungar. Brytningstid mellan vår och sommar, för några en början, en längtan, för andra ett vemod, en svunnen vår. Midsommartid, naturens orgasm, berörde oss liksom den i århundraden har gjort och kommer att göra med en vördnad för livet självt.

Ingeborg bar sin folkdräkt och våra gäster hade klätt upp sig, bytt ut sportkläderna mot kavajer och klänningar, satt på sig sina vackraste ansikten och fick matsalen att glädjas då de strömmade till för lunch.

Bordet var pyntat med blommor och dukat med smårätter och allehanda sillinläggningar. Stämningen var god och göddes av intaget av mat och snaps.

Efter lunchen fick de gäster som önskade vara med att klä gårdens egen majstång. Det plockade björkriset stod i hinkar och väntade på att användas. Många ivriga händer hjälptes åt. Barnen och några av kvinnorna förstärkte blomsterskörden med att plocka mer på ängen bakom pensionatet för att sedan binda kransar. Efter en dryg timme stod majstången majestätiskt på gårdsplanen liksom björkarna vid ingången och sjöng om midsommartid. Karin som var ivrig att dansa runt den fick med sig några av barnen och kvinnorna till fiolspel av Holger. *Små grodorna,* och *Björnen sover* fick dem att rusa av sig lite energi, medan Ingeborg, Stina och jag plockade fram för kaffe.

Jag hade försökt att ringa till Mias
sommarhem tidigare på dagen utan att
komma fram och nu gjorde jag ett nytt
försök, men inte heller denna gång var det
någon som svarade. Naturligtvis var de ute. I
sommartid vistades man i stort sett bara
inomhus vid måltiderna om man hade en
gård. Det fanns alltid så mycket som
behövde göras utomhus. Var vädret vackert
så gällde det att passa på med alla sådana
sysslor. Det dagliga arbetet med skötsel av
djur tog aldrig helg och dessutom ville väl de
som alla andra också fira midsommar.

- Jag kanske kunde försöka en gång till lite
senare, tänkte jag.

Vädret var soligt med lätta vindar och vi
intog kaffet ute på verandan. Det var så
långt från stadens sammankomster det
kunde vara där alla trängdes som åskådare.
Här blev vi som en stor familj. En känsla av

gemenskap bredde ut sig där på verandan och vi vilade i lugn och förväntan.

Efter någon timme var tiden inne för avfärd till Gagnef för de som önskade. Då var det dags för resningen av majstången där under högtidliga och traditionella former och lekar och dans till musik med spelmanslag och folkdansare. Så gott som alla gäster gav sig iväg tillsammans med Holger, Ingeborg och Karin. Endast Stina och jag och det äldre paret blev kvar. De äldre för att njuta stillheten på gården och Stina och jag för att förbereda kvällsmaten.

Det var glada, nöjda och uppspelta gäster som några timmar senare kom tillbaka för förplägnad. För några var det första gången de upplevt glädjen i folkmusiken och första gången de sett så många människor klädda i folkdräkt. Det hade varit färgglatt, festligt och lärorikt. De tyckte sig ha bevistat en annan värld. Andra kom varje år till Dalarna vid den här tiden just för den upplevelsen. Traditioner kan vara som band till människor förr, som levandegör en svunnen tid och vidgar våra sinnen och några gånger om året är det som många av oss får ett behov av att känna oss delaktiga i denna tidskedja.

Upplevelsen hade väckt en del frågor och Ingeborg och Holger besvarade dem så gott de kunde och berättade lite kring sockendräkterna, hur många regler som styrde deras utseende, ifall du var gift eller ogift, vilken helg som krävde vad eller om det var bröllop eller begravning. Det var inte bara att sätta på sig något som såg snyggt ut!

De flesta dröjde sig kvar efter maten och kaffet och ville gärna lyssna till stilla pianospel som avslutning på kvällen.

Vi kände oss nöjda. Vi hade bidragit till andras trevnad och känt oss som en viktig del i deras midsommarupplevelse.

Innan jag gick till sängs bestämde jag mig för en kort promenad ut på ängarna för att i stillhet andas nattens magi. Midsommar! Den tid då ljuset besegrar mörkret och låter natten förvandlas till skymning. Då måste man bara vara med en liten stund. Lite vemodigt och lite ensamt var det utan de mina. Förra året hade vi alla tre varit på Torekällberget hemma i Södertälje och firat. Vi hade haft kaffekorg med oss och precis när vi hade dukat upp så hade regnet kommit och vi hade packat ihop och skyndat hem och ätit tårtan vid köksbordet istället.

- Nu fick ju inte myrorna smaka, hade Mia påpekat och jag minns att jag tyckt att det fanns något positivt med regnet.

Jag undrade hur Mia haft det. När jag tänkt ringa tredje gången insåg jag att klockan hade blivit lite väl mycket så jag avstod. Jag hoppades att hon haft det bra. Jag kunde tänka mig att hon och Laila hade röjt ängarna från blommor. Hon fick väl berätta sedan. Ulf hade troligvis suttit i biljettluckan hela dagen och fått vara trevlig. Det kunde han gott ha!

Väl hemma igen somnade jag direkt utan några tankar överhuvudtaget.

Efter helgen

Några av gästerna lämnade oss nu, de som kommit bara för midsommar, men snart väntade vi påfyllning. Nu hade vi några lugna dagar framför oss och förberedde oss så gott det gick inför juli månad. Jag började ta för vana att avsluta dagen med en promenad i omgivningarna. Ibland gick jag en bit på vägen och valde sedan olika skogsstigar, ibland över ängarna och bort mot älven. Det var sällan jag mötte någon. Folk på landsbygden var inte ute och flanerade. Hände det att man mötte någon boende, så hade personen ett ärende. Man gick inte bara ut och gick. Det var skönt med stillheten och jag somnade gott sedan.

Andra dagen efter midsommar kom det ett brev från Mia. Ivrigt öppnade jag kuvertet och såg att det innehöll även ett brev från fru Andersson. Jag hade skickat med några rader till henne då Mia åkte iväg, så det kändes bra att hon ville svara på dem.

Bästa fru Fagersvärd!

Vill bara tala om att flickorna ser ut att trivas. De är så glada jämt och de är så hjälpsamma. De hämtar in äggen och ger kalvarna mjölk och grisarna mat och ren halm. De är så förtjusta i alla djuren. Det är riktigt roligt att ha dem här. I midsomras när vi hade släkt och vänner på besök hade de ordnat ett tivoli på lagårdsbacken. På dörren till fårhuset hade de satt upp en teckning på en gris och sedan skulle vi med förbundna ögon rita dit svansen. Slipstenshjulet hade de förvandlat till ett chokladhjul, fast med blommor i pris i stället för choklad. Och så spelade de teater för oss.

Det var så roligt! Det är bara att ringa eller skriva om fru Fagersvärd undrar över något.

Bästa hälsningar från Greta Andersson

Jag log när jag läste fru Anderssons brev. Så underbart att höra att flickorna trivdes och var hjälpsamma och att familjen tyckte deras upptåg var roliga. Alla uppskattade inte påhittiga barn. Det tog för mycket kraft från dem förmodligen, så det kändes skönt att den här familjen tänkte annorlunda och jag var tacksam över att fru Andersson också hade skrivit några rader. Sedan läste jag Mias brev.

Kära mamma!

Jag mår bra. Det är roligt på landet. Det finns tre katter här. Laila och jag har delat på djuren. Mina kor heter Stjärna Lyckan och Gullros. De är snälla. Tjuren också. Man kan klappa honom. Hönorna hade inga namn så vi döpte dom till Olivia Petronella Elvira Augusta Josefina och Charlotta. Men dom lyssnar inte till sina namn. Vi hjälper dom att hitta daggmaskar.

Kära hälsningar från Mia

Oj, så typiskt Mia! Man kunde läsa mellan raderna att hon trivdes. En viss oro hade nog legat på lur bakom allt annat och nu var det som att den släppt. Men jag kände ett stänk av ledsnad också.

- Min Mia! Jag hade velat vara med dig, se din förtjusning när katterna strök sig mot dina ben och glädjas med dig över alla nya upptäckter. Men du har det bra och det är viktigast. Jag får se fram emot när du kommer hem sedan och delger mig allt.

Jag skrev ett långt brev tillbaka och berättade att vi alla mådde bra och att Karin blivit så glad över nallen och att faster Ingeborg hade så mycket att göra i köket så jag var fullt sysselsatt med att hjälpa till. Vi hade också haft en fin midsommar men kanske inte lika rolig som den hon hade haft. Tant Greta hade berättat om hur roligt hon hade tyckt att det var med tivolit på lagårdsbacken och att flickorna var så hjälpsamma och det hade glatt mig så mycket. Jag avslutade med:

- Fortsätt med att vara en duktig flicka och när du kommer hem sedan ska det bli så roligt att höra dig berätta om allt! Puss och kram från mamma.

När brevet var klart tog jag en promenad ner till byn och handelsboden för att posta det. Vi hade haft flera underbara dagar, men den här dagen var den bästa. Det hade regnat på morgonen, men nu sken solen och marken ångade av värmen och förde med sig en doft av jord och gräs och örter. Det var så lätt att gå. Fåglarna kvittrade i nya harmonier och träden, nytvättade av regnet lyste overkligt gröna. Kroppens krafter kändes outsinliga. Min sinnesstämning syntes antagligen på mig för jag tyckte de människor jag mötte såg så vänliga ut och inte minst handelsmannen. Han var relativt ung, något äldre än jag själv, kanske i fyrtioårsåldern och han undrade lite försynt vem jag var. När jag sa att jag var svägerska till pensionatsägarna presenterade han sig och önskade mig välkommen till bygden.

- Hur länge ska fröken stanna här då?

Så hejdade han sig vid anblicken av mina händer och insåg att det var en gift kvinna som stod framför honom och rättade sig själv till, jag menar frun.

Jag presenterade mig och sa att det förmodligen skulle bli hela sommaren, så länge min svägerska skulle behöva mig i alla fall.

- Då får vi hoppas att hon får mycket att göra då i sommar! blev hans svar.

Jag insåg att hans svar var tvetydigt, men det störde mig inte. Tvärtom. Jag behövde all uppmuntran jag kunde få även om det inte låg så mycket bakom. Jag log tillbaka och sa att det får vi hoppas för värdfolket var så engagerade i sin rörelse. Jag postade mitt brev och köpte några saker Ingeborg bett om. När jag var klar önskade han mig välkommen åter, om så bara för en pratstund.

På fredagen anlände Ulf. Jag följde med Holger till stationen för att hämta honom. Jag visste inte vad jag kände för hans besök. Tanken hade ju varit att vara ifrån honom en längre tid för att få avstånd till det som skett och rannsaka mig själv vad jag ville, ha tid att känna efter innan jag fattade några beslut. Då i stundens känslosvall ville jag bara bort. Vad ville jag nu då? Jag ville nog att han skulle medge att han betett sig illa, väldigt illa och att han förstod min upprördhet och att han inget högre önskade än att jag skulle komma hem igen.

Men skulle det räcka? Skulle jag kunna återfå förtroendet för honom? Skulle mina känslor kunna återgå till något som var? Jag visste inte svaren på mina funderingar och jag började tvivla på att man någonsin skulle kunna få någon som helst visshet överhuvud taget. Alla val man tvingades till rörande framtid liknade mest ett lotteri, en chansning med hopp om vinst och ju större insats, ju större besvikelse vid utebliven belöning.

Så kom tåget och en leende Ulf i sällskap med Klinga steg av. Hon gnällde av glädje, viftade på svansen och sträckte sig upp mot mig. Ulf hälsade hjärtligt på Holger och gav mig en kram och pratade på som om allt var normalt. Han förhörde sig om bygdens nyheter och Holger svarade så gott han kunde. Jag kramade om Klinga och småpratade med henne. Efter en stund var vi tillbaka på pensionatet och Ingeborg välkomnade Ulf medan jag drog mig ut i köket.

Snart var det middag och jag var fullt sysselsatt med bestyren till den och Ingeborg föreslog att vi skulle äta efteråt medan Stina kunde ordna med kaffet. Vi gjorde så och Ulf röjde inte med en min att allt inte var som vanligt. Möjligtvis var han något mer pratsam och vänlig än annars men det kunde ju förklaras med att det var ett tag sedan han träffat Ingeborg och Holger. Han sa att han hade pratat med Pers, vännerna i kyrkbyn och att de bjudit dit honom nästa dag och sagt att de även ville träffa mig. Han hoppades att Ingeborg skulle kunna avvara mig under morgondagen.

- Naturligtvis! Det kan bli trevligt för er. Det är väl ett tag sedan du var med dit Sigrid?

- Ja, jag tror jag var med upp till älgjakten året innan Mia började skolan. Ni hade väl inte haft pensionatet någon längre tid då har jag för mig. Ja det måste ha varit nästan fyra år sedan. Mia och jag bodde hos er då fast vi var över till Pers och hälsade på.

Jag hade tyckt om att hälsa på där. Familjen hade en gård och deras liv påminde till en del om livet jag kom ihåg från min barn- och ungdomstid. De bodde väldigt vackert på en sluttning mot älven mindes jag.

Till slut bröt man upp och Ulf sa att han skulle ta ut Klinga på en promenad så han kunde låsa sedan. Jag skyndade mig i säng och hoppades på att det skulle bli en lång promenad så jag hann somna. Det blev det, så på något sätt förstod han tydligen att jag inte kommit över vad som hänt.

Nästa dag erbjöd sig Holger att köra oss både dit och hem. Låna ut bilen kunde vara dumt ifall han skulle behöva den. Man kunde aldrig veta vilka behov som kunde uppstå. Ulf var enbart tacksam över det. Det innebar att han inte behövde tacka nej till de starka drycker som förmodligen skulle serveras.

Gården låg lika vackert som jag mindes och när vi välkomnades uttryckte jag det samtidigt som jag tackade för inbjudan.

- Du måste komma hit fler gånger nu när du ska vara i trakten hela sommaren. Ulf är ju nästan som en släkting och då blir ju du det också. Olle och han har ju känt varandra ända sedan de var unga och delat många strapatser.

Det blev en bra dag. Det var länge sedan jag sett Ulf så tillfreds. Olle och han pratade gamla minnen från regementstiden och skrattade stundtals och de drog jakthistorier och jag märkte att de hyste inte bara vänskap utan också respekt för varandra. Det var inte ofta Ulf gjorde det för någon, men Olles gedigna kunskaper kring skog och jakt och gårdens skötsel imponerade på honom. Hans inställning var så över lag, han hade respekt för kunskap. När man pratade så skulle man veta och inte tro eller tycka.

Anna var en duktig husmor och bjöd på den möraste rådjursstek jag någonsin ätit. Det var lätt att umgås med henne och hon sa att det alltid var så roligt med Ulfs besök på höstarna. Hon märkte hur de livade upp Olle och jag gladdes åt de orden. För en stund glömde jag hur saker var idag och jag kunde vara i något som var förr.

Vid åttatiden kom Holger för att hämta oss och han var bara tvungen att sitta ner en stund för att prata och smaka på lite torkat älgkött och var det så att de skulle vilja ha lite i höst så var det bara att säga till. När vi omsider lämnade dem skickade Anna med en stor bunke med kalvost och sa:

- Det kanske vore spännande för era gäster att få smaka. En del kanske aldrig smakat det förr.

Både Holger och jag tackade så väldigt mycket och så gav vi oss iväg. Ulf var nog lite påstruken efter kvällens groggar och något samtal med honom nu var otänkbart och lika bra det. Den här dagen hade försatt mig i än mer tveksamhet. Ulf idag var gamla Ulf, en man att känna sig trygg hos, en man jag ville ha, men den andra Ulf skulle han kunna försvinna helt? Skulle jag inte alltid se honom skymta fram och ställa sig i vägen för såväl tillit som passion?

Ulf gick och la sig och somnade direkt då vi kommit tillbaka och jag satte mig en stund med Ingeborg. Efter någon halvtimme gick även jag till sängs. Efter lunch dagen därpå skjutsade Holger honom till stationen för hemfärd och det enda vi hade bestämt var att jag skulle bli kvar till början av augusti.

Första veckan i juli

Kalvosten uppskattades mycket, både av Ingeborg och av gästerna. Precis som Anna trott så var det flera stycken som aldrig ätit det förr och några som mindes sin barndom hos mor- och farföräldrar och blev lyckliga och själv hade jag inte ätit det sedan ungdomstid. Ingeborg berättade att de tursamt nog hade vänner med bondgård, för det var ju bara den där första mjölken efter kalvningen som dög att laga till på.

- Då får vi får tacka kalvarna så mycket då, som delat med sig! sa en av gästerna och vi instämde.

På onsdagen kom det ett nytt brev från Mia.

Kära mamma!

Vi har haft begravning. Snurran hade tagit en fågel. Den var död. Då tog vi den och la i en ask. Sen grävde vi en grop och la ner asken där. Sen la vi på jord och blommor och sjöng Tryggare kan ingen vara. Katterna gör inte som dom ska men dom är söta i alla fall. Vi har åkt hölass. Det är väldigt skumpigt för man åker på marken. Det finns inga vägar här. Nu har jag inte tid att skriva mer för vi ska gå och bada.

Kära hälsningar från Mia

Ja, så är det, katter gör inte alltid som de ska. De går inte att styra, men man kan tycka om dem ändå. En del människor går inte heller att styra. De är det svårare att tycka om.

Mitten av juli

Sommaren frodades. Gäster kom och gick, de flesta var familjer, men några ensamma gäster förekom också. Så gott som alla gäster var rara och vänliga, några skojfriska och hjälpsamma, lite väl mycket ibland, som om de ville något mer, men aldrig att någon var plump och aldrig några som bråkade eller surade över oinfriade förväntningar. Pensionatet var inte så stort så alla lärde de känna varandra och oss och det kunde kännas lite ledsamt till och med när vissa reste hem.

Den här sommaren var välbehövlig. Det fanns alltid saker att göra och jag trivdes med det. Jag kände mig uppskattad av såväl gäster som av Ingeborg och Holger. Jag fick många vänliga ord. Jag dög. Jag växte i tilliten till mig själv. Jag roades av handelsmannens försiktiga flirtande var gång jag besökte affären och styrktes ytterligare en bit.

När jag såg harmoniska familjer kunde jag känna ett sting av längtan efter min, en önskan att kunna gå bakåt i tiden att få allt som förr, men ganska snart ställde sig misstänksamhetens förespråkare i vägen och blåste varningssignal.

Ulf ringde ibland och förhörde sig om hur vi hade det. Han sa inte mycket om hur han själv hade det eller något över huvud taget, men han ringde i alla fall och det betydde förmodligen att han brydde sig och det ville jag väl, men jag kände mig villrådig. Jag både saknade honom och var glad att slippa honom.

I mitten av juli kom en bror till Holger på besök, Arne. Jag hade hört talas om honom, men vi hade aldrig setts. Arne arbetade som biologilärare på ett gymnasium i Göteborgstrakten, så det blev inte så ofta som bröderna sågs. Han var änkeman sedan två år tillbaka och hade en nyss utflugen dotter. Han hade tyckt att han skulle passa på nu att träffa sin bror. Ja, om det passade Ingeborg och Holger förstås.

- Det passar så bra! Något litet krypin har vi väl i stora huset åt dig om du nöjer dig med det. Det blir väldigt trevligt att ses och faktum är att vi kan ha lite nytta av dig också!

- Jaså, det glädjer mig, men jag förstår inte riktigt vad jag skulle kunna bidra med!

- Lite kunskap kring växter. Det är ganska ofta som våra gäster har frågor kring blommor de sett och det är inte alltid som vi kan svara, men då kan vi ju bara hänvisa till dig. Går det för sig?

- Självklart!

Ett par dagar efter samtalet kom han. Han kom i egen bil, lagom till eftermiddagskaffet och lastad med diverse böcker om olika sorters växter. Tydligen hade han tagit allvarligt på samtalet eller också kanske han alltid bar på uppslagsverk för sin egen förkovran. Några av böckerna var presenter och han föreslog att de eventuellt kunde ligga i salongen till gästernas trevnad när vi hade läst klart.

Ingeborg tackade så mycket, presenterade mig och tillade:

- Och Sigrid är lika förtjust i blommor som jag, så vi kommer med nöje läsa i böckerna! Tack för att du tänkte på det.

Vi drack vårt kaffe medan Holger och Arne förhörde sig om släktingar och gemensamma vänner och sedan började förberedelserna för middagen.

- Det är roligt för Holger att Arne kom, sa Ingeborg, du vet väl kanske att Holger kommer från början från västkusten, men flyttade upp till Stockholm i ganska unga år och all hans släkt är kvar där nere, så det blir ju inte så ofta han träffar någon. Så länge föräldrarna levde åkte han ju ner ibland, men sedan blev det väldigt glest mellan besöken. Ja, det är väl ganska vanligt att det blir så, föräldrarna är kittet som håller samman.

- Ja, det stämmer nog. Det blir mest i samband med deras bemärkelsedagar man ses.

Vid middagen presenterade Ingeborg Arne för gästerna och sa att han var biolog, så alla eventuella frågor rörande något i naturen kunde de komma till honom med och få svar på.

- Alla frågor är nog att ta i lite väl mycket, svarade han och såg lite generad ut, men rör det sig om djur eller växter så kan jag nog hjälpa till och kan jag inte så ska det väl gå att ta reda på. Hur som helst så tycker jag att landskapet är väldigt vackert här och då blir man lite extra nyfiken på naturen.

Holger och Arne satt med bland gästerna under middagen och samspråkade glatt med dem. Arne ställde många frågor och det uppskattades. Frågorna var lättsamma och vänliga och inte alltför personliga, så den utvalde kände sig mer intressant än ifrågasatt och när middagen var över så hade han hunnit bekanta sig med de flesta och tillhörde nu pensionatsfamiljen.

- När dagens bestyr var avklarade och jag var på väg ut för min vanliga kvällspromenad frågade Ingeborg om jag inte kunde tänka mig att ta sällskap ut med Arne.

- Jag tror han gärna vill sträcka på benen en stund efter allt stillasittande, men vill du hellre gå själv, så säg det, för då föreslår jag inte att han kan följa med dig.

- Jo, gör du det! Han hittar ju inte i omgivningarna, så det kan vara bra med sällskap första gången. Jag har ju halva sommaren kvar för ensampromenader så fråga du!

Ingeborg gjorde så, sa att Sigrid brukar ta en liten promenad före sänggåendet och om han nu också tyckte det kunde vara skönt med lite kvällsluft så kunde han följa med ut, så kunde hon visa lite av den närmaste omgivningen.

- Tack, det vill jag gärna! Hur trevligt det än är att sitta och prata, så tycker kroppen i alla fall att den vill röra på sig lite, så jag tackar gärna ja till det om Sigrid nu inte har något emot det.

Jag försäkrade att jag inte hade det utan det skulle bara vara trevligt att visa honom runt lite. Jag hade ju hunnit bli ganska hemmastadd i trakten nu. Och det var inte endast av artighet jag sa så, jag menade det faktiskt. Visst tyckte jag om mina ensamma promenader, men det var absolut inget jag var tvungen att ha. Efter ett tag fastnade tankarna gärna i samma hjulspår och då kunde ett avbrott i rutinerna bara vara bra.

Jag tog på mig en tunn jacka ifall kvällskylan skulle visa sig och så gav vi oss iväg.

- Vi kan gå över ängarna här och sedan ner mot älven eller vi kan gå vägen fram och titta på byn eller också en skogspromenad. Du får välja! sa jag, fast skogen innebär nog en massa mygg nu.

- Det tror jag också. Nej, älven verkar bäst.

Kvällsluften kändes klar och lagom tempererad och det var skönt att röra på sig. Lite mygg besvärades man av även på ängsstigen men inte så farligt. En svag vind hade dröjt sig kvar och jagade bort dem på öppna platser. Ängarna kantades av vitstammiga björkar och landskapet skimrade ljust med mörka strimmor där skogen tog vid. Här och var där sikten var lång syntes skogen som blåa inslag i en väv.

Vi sa inte så mycket, varken han eller jag, men tystnaden var inte besvärande. Man kan dela en tystnad och känna det vilsamt och så var det.

Ängarna förbyttes i träddungar och buskage och sedan låg den där, älven, mörk och mäktig, både lockande och lite kuslig. Så här i skymningen lyste den nästan svart. Vad allt hade den inte fått ta del av genom århundraden?

- Den är så mörk, sa jag. Kan det vara alla sorger den blivit anförtrodd, som gör det?

- Det var en vacker tanke! sa han och log. Naturligtvis är det så! Förklaringar med mineraler och jordmån är bara för de oseende.

Med de orden vann han min tillit.

Vi stod kvar en stund vid strandkanten och lyssnade på tystnaden och sedan bröt han den med att säga:

- Det är märkligt med naturen! Det är som om den vill ta ner en på jorden ibland. Utan att den gör någonting kan den få en att känna sin litenhet.

Hans ord uttryckte helt min upplevelse av den egna obetydligheten, som stilla sommarkvällar kunde genomsyra mig, men som också var en känsla av att vara en del av något större, en sorts andakt inför oändligheten. Jag tittade på honom förvånat och sa:

- Ja, precis så är det! Den styr oss utan ord. Det räcker att ha öppna ögon.

Han såg på mig och blicken dröjde sig kvar någon extra liten sekund och ersatte orden.

Nu började nattkylan komma smygande och vi vände tillbaka, tystade av de oförberedda glimtar av varandras inre som blottats. Först när vi kommit fram en bit på ängarna började vi prata igen. Han frågade något om morgondagen och jag delgav de planer jag kände till och sa att Holger hade någon utflykt inplanerad för de gäster som ville följa med och oftast var det de flesta. Ibland brukade Ingeborg följa med eller jag. Det berodde lite på.

När vi kom in stannade han till och sa att han var tacksam för promenaden och att vi valt älven. Det hade känts berörande.

- Godnatt Sigrid och tack!

- Godnatt! Hoppas du får sova gott nu efter den här långa dagen!

Så skildes vi och gick var och en till sitt och jag var glad att Ingeborg bett mig att ta med Arne på kvällspromenaden.

Utflykten

Nästa morgon deklarerade Holger att han tänkt sig en utflykt till Stora Tuna kyrka och Trefaldighetskällan De som ville följa med var välkomna att göra så. Man hade två bilar till sitt förfogande och blev man fler kunde man kanske åka i egen bil. Han berättade att Stora Tuna var en av de största landsortskyrkorna i Sverige och hade varit hemkyrka för psalmförfattaren Johan Olof Wallin och att kyrkan ligger där den gör beror på källan intill i Frostbrunnsdalen.

- Där tänkte jag mig att vi skulle stanna ett tag och förflytta oss till bronsåldern. Så gammal är nämligen upptäckten av källan. Då var det en rituell plats för guden Frej och källan ligger i en djup dal med lite säregen natur, som vi kan ströva runt i, men allt det här berättar jag mer om sedan. Det blir en lång dag och vi kommer att ha matsäck med oss. Dessutom bör vi passa på att dricka av det hälsofrämjande vattnet i källan.

Flera av gästerna ville absolut delta i utflykten. Några äldre personer kände sig tveksamma till om de skulle orka med promenaden i ravinen, men både kyrkan och vattnet lockade, så det blev till slut en grupp på tolv personer som ville följa med. Ingeborg föreslog att även jag skulle passa på att besöka källan. Det fanns ju plats i bilarna och när så många skulle vara borta så länge så klarade sig huset utan mig.

- Ja, säger du det, så tackar jag inte nej. Där har jag ju faktiskt aldrig varit, så det kan bli intressant. Jag har aldrig hört Ulf prata om platsen heller, så han kanske inte känner till den eller också tror han inte att hedniska ritualer är något för mig. Så är det nog.

- Jag vet inte, men som barn besökte vi aldrig platsen. Den var väl inte så välkänd då kanske.

Vi skyndade oss att färdigställa lunchkorgarna med bröd, smör och kallskuret och kaffe på termosar och nygräddad sockerkaka.

Så gav vi oss iväg och efter en dryg halvtimme var vi framme vid kyrkan och började med ett besök i den. Holger var väl förberedd och kunde berätta om det mesta i kyrkan och vi stannade till lite extra framför predikstolen som han påpekade hade inspirerat J.O. Wallin till flera psalmer. Efter en paus på kyrkogården gick vi ner i ravinen som förr hette Frösbrunnsdalen berättade Holger, till guden Frejs ära eller Frö, som han också kallades. Källan rann mot norr och det gjorde den helig. Kylan och det som var ont kom från norr och när vattnet rann mot norr så motades allt av ondo bort.

Vi smakade på vattnet och någon skojade om att nu skulle kanske alla våra bekymmer också flyta bort i den nordliga strömmen.

- Ja, det kan man ju hoppas på, men jag undrar om den är tillräckligt stark för mina bekymmer, påpekade någon annan. Det syns ju knappt att den rör sig.

Sedan letade vi reda på en lämplig plats att slå oss ner på och förtära vår lunch. Det smakade bra och stämningen var god. Holger hade berättat lagom mycket kring kyrkan och källan.

- Det gamla talesättet *för mycket och för lite skämmer allt* äger sin riktighet, tänkte jag. För mycket tröttar och för lite väcker ingen nyfikenhet.

Vi satt länge i den heliga dalen, vilade och intog mat och kaffe. Några kanske kände ett luftdrag från historiens vingar, men det behövdes inte för att uppskatta utflykten. Arne och några till ville gå runt sedan och titta på växtligheten och jag följde med. För att uppfatta det säregna i den var man nog tvungen att vara välbekant med landskapets växtlighet i övrigt. För mig såg den ut som vanligt tyckte jag, lite trolsk här och var och frodig. Arne fick en del frågor om olika växters namn som han lätt besvarade och ibland fyllde ut med lite fakta. De frågande var nöjda och outgrundligt varför, så ville jag att de skulle vara det.

Innan vi åkte tillbaka tog vi oss en ny slurk vatten och hoppades på evig hälsa.

Efter middagen frågade Arne mig om jag skulle ta min vanliga promenad och om vi kunde göra sällskap eller om jag var för trött efter dagens gående.

- Nej, en liten tur ut hade jag nog tänkt, svarade jag, men vart vill du gå då? Mot byn kanske, du har ju inte hunnit se den ännu?

- Ja, om det passar dig, så blir det bra. Följa älven får vi göra någon kväll med mycket tid.

- Följa älven?

Det lät orimligt. Det var bara bitvis man kunde gå utmed stranden, men tanken kändes lockande. Att följa med i vindlingarna och inte veta vad som väntade bakom nästa krök, att ge sig hän till nyfikenheten inför nya upplevelser.

- Ja, då behöver vi tid. Vi kommer att gå vilse, sa jag.

- Nej, det kommer vi inte att göra! Om man inte vet vart man ska så kan man inte gå vilse.

Det var ju sant. Man kan inte gå vilse innan målet är utstakat.

Så gav vi oss iväg ut på vägen bort mot byn. Pensionatet låg en bit utanför annan bebyggelse. Man passerade några utströdda gårdar, men sedan låg byn där med husen tätt tillsammans som om de sökte varandras sällskap och en gång för länge sedan var det väl just det de hade gjort. De flesta husen var gamla, timrade och med uthus, men det fanns också här och var några nya hus och jag tyckte det var synd. De stack ut, precis som människor som tog för stor plats. Ibland passar det sig inte. Allt blir så mycket mer harmoniskt när delarna anpassas till helheten, faktiskt både vad det gällde hus som människor.

Lite av de tankarna försökte jag förmedla och Arne förstod vad jag menade.

- Ja, det är så man känner, så jag kan hålla med dig och allra mest vad det gäller bebyggelse, men jag tror också att mönster ibland måste brytas för att något nytt ska kunna växa fram.

- Kanske, men hur och när?

Plötsligt kändes det som att det inte var hus vi talade om längre och jag märkte att han tänkte länge innan han svarade.

- Jag vet inte! Både hur och när är nog så individuellt, så inga svar finns.

Båda försjönk vi i tankar en stund och när husen började glesna vände vi och gick tillbaka.

Nästa dag kom en av grannarna med häst och slåttermaskin och slog ängarna och Holger satte upp hässjor att torka gräset på. Arne och jag hjälptes åt att räfsa ihop det. Det annorlunda görandet kändes inte som arbete, mer som ett nöje, en resa till ungdomstid. Så lätt allt var då! Det var det ju egentligen inte. Det hade varit tungt arbete och långa dagar, men jag hade tyckt om närheten till något ursprungligt och haft en förväntansfull inställning till allt jag skulle möta. På något sätt fick arbetet nu mig att åter känna som då.

Lagom till lunch blev vi klara med den äng vi räfsat och begav oss tillbaka till pensionatet. På vägen dit passerade vi ett område med älggräs och jag frågade Arne, om han visste hur det kunde komma sig att det hette så när det inte var ett gräs.

- Du tänker rätt. Det är inte ett gräs, svarade han, men även älg är en felaktig benämning har jag läst någonstans. Den här växten innehåller salicylsyra och förr i världen gned man in öltunnorna med den för att desinficera dem och man tror att folk därför kallade växten för ölgräs och att det så småningom blev det till älggräs i folkmun.

- Så allt har en förklaring!

- Inte allt, men mycket och det är alltid spännande att leta efter den! Men usch, nu har du plockat fram föreläsaren i mig och han kan gott vila sig! Jag föredrar att vara iakttagaren nu och något säger mig att du är bättre på att vara det än jag.

Han sa det med en frågande blick och jag visste inte riktigt vad jag skulle svara. Det kändes som att vi kommit varandra nära och det var både behagligt och skrämmande.

- Det kanske är något som inte går att svara på. Vi får väl se!

En vecka senare

Vi tog för vana att ta kvällspromenaden tillsammans och jag kom på mig med att se fram mot den. Det var så lätt att prata med honom. Han förstod alltid vad jag menade, inte bara orden utan också det outtalade. Varje yttrande begrundades och fick växa. Vi höll avstånd till varandra med våra kroppar, men våra tankar höll varandra i händerna, klädde av sig och sökte bekräftelse.

Han var så annorlunda, tonade ner sig själv istället för att pråla. När han sagt att han inte ville vara föreläsaren så visade han det nu. Det mesta som sas var reflektioner kring det vi såg och vi lyssnade på varandra och utvecklade tankarna. Vi talade aldrig om oss själva på ett personligt plan och ingen av oss frågade heller. Genom Ingeborg och Holger visste vi ju redan lite ytligt varandras historia och om vi inte skulle ha vetat så hade vi nog inte frågat i alla fall. Våra promenader och vårt tankeutbyte hade sin egen plats utanför den vanliga.

Mina tankar var inte lika ockuperade av Ulf längre. Tidigare var han oftast det sista i medvetandet innan jag somnade och med en skugga kvarlämnad vid uppvaknandet. Det hade gått lite mer tid nu och det var nog förklaringen. När han ringde kändes den gamla besvikelsen längre bort, vilket gjorde det lättare att låta glad.

Månadsskiftet juli - augusti

Det närmade sig slutet på Arnes vistelse och vi hade fortfarande inte följt älven, så den sista dagen föreslog han att vi skulle ta tidig kväll och bege oss ut i det okända.

Han hade redan frågat Ingeborg och förklarat att han gärna ville göra en längre vandring innan han for hem och att det hade ju blivit en vana att göra sällskap med mig. Hon hade samtyckt och sagt något om att det bara var bra.

Innan vi gav oss iväg när Ingeborg och jag var ensamma i köket sa hon att hon var glad över att jag tagit mig an Arne under hans vistelse här. Holger hade varit lite orolig för honom för han hade en längre tid varit så deprimerad, men det hade de ju inte märkt något av och kanske berodde det på att han hela tiden varit sysselsatt och omgiven av människor som brydde sig om honom och inte minst du. Jag sa när du kom att du var behövd och så är det. Hoppas nu ni får en fin vandring!

Det var fortfarande varmt och vackert väder då vi begav oss ner mot älven och nu lyste den inte lika mörk som på kvällen. Solen hade inte gömt sig ännu bakom skogen utan kittlade vattenytan till glittrande blänk.

- Uppströms eller medströms?

- Medströms!

Till en början gick det ganska bra att följa strandkanten. Vi hade sol på vår sida av älven och ängsmark att gå på. Det var skönt! Inga ljud från samhälle eller trafik, bara insekter som surrade och någon ko långt borta som råmade och så denna starka doft från alla strandväxter! Jag fyllde mig med luften i djupa andetag, som gav musklerna syre och luktsinnet njutning. Sedan blev det lite snårigare och myggbetten på benen fick sällskap av några rispor. Vid nästa glänta satte vi oss ner för en stunds vila och begrundan.

- Hur långt tycker du vi ska gå, frågade jag, till nästa by eller…?

- Till Bottniska viken, blev svaret.

Han lät allvarlig och jag såg på honom lite undrande och då tillade han

- Ja, jag vet att det är omöjligt!

Så fortsatte vi igen och nu gick det inte att gå utmed vattnet längre. Vi var tvungna att söka oss en väg längre upp. Vi gick på en stig i gammal tät skog och försökte hålla riktningen i huvudet när stigen vindlade. När vi gått bortåt en halvtimme och ingen glänta hade synts till eller någon förändring överhuvudtaget, så stannade vi upp och jag sa:

- Vi kan ju inte gå vilse, men kan det vara så att vi är lite omedvetna om var vi befinner oss nu?

Han skrattade till och sa:

- Ja, så kan det nog vara. Känns det oroligt?

- Nej, jag förlitar mig på att stigen leder någonstans, men frågan är om målet är nåbart!

- Vill du vända?

- Nej, inte än.

- Nej, inte jag heller!

Så fortsatte vi en stund till medan himlen mörknade och så kom regnet, vräkande och blötte ner oss innan vi hade insett dess tyngd. Vi sökte oss in under en tät gran, något så när tät i alla fall och kröp ihop nära stammen. Vi såg på varandra och log åt vårt oförstånd. Så strök han mig över kinden och sa:

- Du ska veta att de här veckorna betytt mycket för mig. Att ha sällskap är en sak att tacka för, men stunderna med dig har betytt mer än så!

Hans beröring fick mig att genomströmmas av en längtan att fylla händerna med honom, beröra honom med hela min varelse, men inget av det gjorde jag, i stället började jag gråta. Han lade armen runt mig och så satt vi där stilla utan att tala. Han frågade inte varför jag grät. Det var som om han förstod. Bär man på mycket gråt inom sig så kan några vänliga ord eller en smekning vara nyckeln som låser upp slussporten.

Regnet upphörde, men vi satt kvar på samma sätt en lång stund. Jag ville vila i den stunden, länge, få tiden att stanna. Det var en stund utan tankar. Trots mina våta kläder upplevde jag bara värme. Allt annat suddades ut och jag kände en önskan att få somna så, mot hans bröst omsluten av hans armar.

Tårarna sinade och han lyfte upp mitt ansikte och torkade bort de sista spåren av dem med sin hand och sa att det kanske var bäst att vända om innan mörkret kom. Jag nickade och reste mig försiktigt upp.

Så gick vi samma väg tillbaka på stigen. Vid ett tillfälle stannade vi till där stigen plötsligt blev till två och blev tveksamma. Vilken hade vi kommit på? Men eftersom vi båda tyckte oss ha samma känsla av åt vilket håll älven borde vara så fick det styra valet och efter en halvtimme eller så kom vi fram till gläntan där vi suttit och vilat tidigare.

Gräset var pärlbestrött av regndroppar och solens sista försök att klamra sig fast på jorden fick dem att glittra. Himlen lyste rosagul ovanför skogskanten på andra sidan älven och vi blev stående stilla i andakt. Han la sin arm om mig och jag målade av inom mig vad ögonen såg och sinnena förnam, en bild att förvara i gränslös tid.

Just då, just där hade jag egentligen bara velat ropa: Ja! Ja! Låt världen upphöra! Låt oss bara finnas i varandra! Hela mitt jag åtrådde honom. Mina tankar ville sköljas av hans, mina öron fyllas av hans röst och min kropp upphöra att vara min egen.

Men min röst blev ohörbar, tystad av mig själv. Vad visste jag om hans känslor? Vad fick mig att tro att han kände på samma sätt? Han hade väl antytt det kanske eller hade jag missuppfattat det? Och hur som helst var jag ju faktiskt inte fri. Jag hade förpliktelser.

- Sigrid, hörde jag honom säga. I morgon åker jag hem. Jag vill egentligen inte, men jag måste, men innan jag åker vill jag att du ska veta att jag tar med mig dagarna här.

Skymningen kröp fram och älven lyste återigen svart. Vi kom lagom innanför dörrarna till pensionatet när nästa mörka moln tömde sitt innanmäte över marken.

Ingeborg och Holger var fortfarande uppe och plockade med dagens sista sysslor.

- Jag ser att ni inte undgått regnet, sa Holger. Vill ni ha något varmt att dricka kanske? Jag kan sätta på te om ni vill med lite rom i!

Det smakade gudomligt och dämpade min höga puls och när teet var uppdrucket sa jag godnatt och lät Holger och Arne få det sista av kvällen tillsammans.

Jag borde vara trött, men det var jag inte. Jag var lycklig och jag var sorgsen. Jag var fylld av motsättningar. Det gick bara inte att sova. Jag gjorde dagens vandring om och om igen och letade bland orden efter nya nyanser och värmen från hans arm på mina axlar fanns kvar och löste upp alla konstruktiva tankar. När jag äntligen somnade följde han med in i sömnen, låg vid min sida och viskade:

- Bli hos mig!

Nästa morgon efter frukost packade han bilen. När det var klart tog han adjö av oss. Holger med en dunk i ryggen och en påminnelse om att de skulle ses till jul. Ingeborg och Karin med brukliga handslag och när han sedan kom till mig släppte han inte handen utan förde mig en bit bort och sa lågmält:

- Du vet var jag finns!

Så åkte han.

Arne

Det var inte mycket trafik på vägen och bilen körde nästan sig själv. Nu väntade några dagars seminarium tillsammans med en kollega och allt skulle bli som vanligt, men kropp och medvetande höll sig inte på samma plats. Jag försökte styra medvetandet till det kommande arbetet, men det ville inte dit, envisades i stället med att lägga sig i sinnenas hängmatta och vaggas.

När jag hade åkt upp två veckor tidigare hade det till största del berott på att Eva, dottern oroat sig över min benägenhet att dra mig undan allt. Hon hade propsat på att jag borde passa på att besöka min bror nu när jag hade en lång ledighet framför mig och hon var upptagen av annat. Jag hade kontaktat Holger, mest för att Eva inte skulle börja ändra i sina planer.

Visst hade jag tyckt att det skulle bli trevligt att ses, men det var som att det mesta de sista åren kändes oviktigt. Depression hade någon tyckt. Nej, det kunde det inte vara! Depression, det var för mig ett tillstånd med starka känslor och det här hade ju varit tvärtom.

Jag hade tyckt om färden upp. Jag hade tagit god tid på mig, stannat till här och var och varit lite nyfiken på nya platser. Jag hade övernattat i Örebro och sedan åkt på lite mindre vägar därifrån och tänkt att det var kanske inte så dumt i alla fall att komma hemifrån.

Jag hade känt mig välkommen hos Holger och Ingeborg. De lyckades på något sätt

skapa en stämning av glädje och omtanke.
Berodde det på att de tyckte sig leva i sin
önskedröm och att det smittade av sig? Eller
hade de kanske hela livet haft en sådan
personlighet? Nej, så hade jag inte upplevt
Holger som barn. Det måste nog bero på
någon sorts nöjdhet i nuet.

Men det som hade väckt mig ur slummern
hade varit Sigrid! Späd och mjuk på samma
gång, med levande och iakttagande ögon
och ett milt leende. Jag hade lagt märke till
hennes vänliga sätt mot gästerna och när
Ingeborg sedan hade frågat om jag kanske
ville följa med henne ut på en
kvällspromenad så hade jag inte tvekat.

Hon verkade så öppen och full av glädje
bland folk, men redan första kvällen såg jag
ett allvar hos henne och märkte att det

fanns fler stängda dörrar hos henne än öppna. Hon berörde mig.

Jag började se fram mot våra kvällspromenader. Hon kom med så oväntade funderingar och det hade känts stimulerande och utmanande. Ibland kunde också något yttrande öppna en liten springa till ett sorgset rum och väcka en lust att ta hand om henne och skydda henne, men mest av allt ville jag bara ha henne, omsluta henne, låta händerna glida över hennes kropp och smälta samman.

Inget av det här kunde jag säga. Det skulle inte gå an. Hon var inte för mig. Hon hade ett eget liv, ett liv med man och barn. Jag hade svårt att se det framför mig. Jag upplevde henne så intensivt som min, så det var omöjligt! Hur hon upplevde mig dolde hon. Ibland kunde jag se ett stråk av ömhet i hennes blick och jag hade närt mig med det.

Tankarna gled till vår sista kväll. Den satt kvar i mig och ville inte släppa taget. Det hade varit ett ärligt svar då jag sa *Bottenviken*. Det hade känts som att det inte fanns något annat jag hellre ville göra än gå där med henne i en tidlös rymd och jag hade bara varit tvungen att tala om för henne lite senare att samvaron med henne hade varit betydelsefull. Hennes gråt hade bekräftat det jag behövde höra, att jag också betytt något för henne, men sa mig också att något annat väntade henne.

Det hade känts svårt att skiljas. Nattens tankar på henne hade fött något slags hopp om att saker kunde förändras, så därför hade de sista orden blivit:

- Du vet var jag finns!

Sigrid

När Arne åkt föreslog jag Ingeborg att jag kunde plocka av lite svarta vinbär till gelé innan de blev för mogna. Jag hade lyckats hålla mig lugn under hans avfärd, men när som helst skulle det kunna brista. Jag behövde vara ensam, behövde begrunda vad hans ord stod för. Ingeborg tyckte det var en god idé, så jag tog en rejäl bunke och gav mig ner i trädgården. Jag tyckte om att plocka bär, hade alltid gjort det, alla slags bär, vilda i skogen såväl som odlade på buskar. Tyckte om deras beröring i handen och tyckte om det enahanda plockandet som inte krävde något av en. Befriande och lugnande.

Mitt första intag av hans ord var rakt av vad de betydde, ett geografiskt tillkännagivande, men var det bara det? Jag ville hellre tolka orden som att de bar på en upplysning om var tankarna fanns, en förklaring hur han kände och vad han hoppades. Genom att tänka så blev inte hans avfärd lika slutgiltig. Jag ville att det skulle finnas en fortsättning, fantiserade om hur det skulle kunna vara att alltid ha honom vid min sida som ett tryggt bo och åter igen kände jag hans arm på min axel. Jag ville ha honom! Jag ville! Jag ville!

När bunken var fylld hade mina förhoppningar lyckats lugna mig och jag kunde återvända till köket som om det vore vilken dag som helst. När lunchen var avklarad plockade Ingeborg fram burkar som vi lade i kokande vatten och lät torka och så kokade vi bären, silade av dem och gjorde ett nytt uppkok med socker och sedan stod där tjugo mörkt mörkröda burkar för att svalna och bäras ner i källaren.

Efter middagen tog jag min sedvanliga kvällspromenad ut på ängarna och ner till älven. Himlen täcktes av mörka moln och älven lyste om möjligt ännu svartare än vanligt. Jag gick ner till vattnet och lyfte upp vad jag kunde i kupade händer och lät mitt ansikte sköljas. Kylan kändes passande. Jag behövde vakna, vakna till den verkliga verkligheten. Men resten av mitt jag stretade emot, sa åt mig:

- Ge efter för vad du vill! Sök upp honom! Förvissa dig! Ge dig hän!

Älven var stum. Den bara tog emot, gav inget tillbaka. När jag kom hem igen sa Ingeborg att Ulf ringt. Han hade tyckt att det var dags för mig att komma hem nu. Började inte säsongen att avta så hon kunde klara sig utan mig? Jag antog att det var hans sätt att säga att han ville att allt skulle bli som förr.

Nästa dag kom ett brev från Mia.

Kära mamma!

Det finns ett ödehus här. Det är ganska långt att gå dit men det är roligt. Man kan plocka fina blommor där. På vinden finns gamla tidningar med filmstjärnor i. Jag har flera Shirley Temple nu. Vi hittade ett trasigt nät också. Vi tog hem det och farbror Gustav rodde ut med oss och la det. Sen gick vi upp jättetidigt för att hämta fisken. Vi fick en gädda. Den hade väldigt många ben.

Kära hälsningar från Mia

- Lilla gumman!

Om drygt en vecka skulle jag få träffa henne. Då var sommarvistelsen slut. Jag längtade efter att få hem henne igen. Hon skulle kanske ha växt lite i självständighet när hon varit ifrån oss så länge, tänkte jag, men slogs genast av tanken att det måste vara omöjligt. Hon hade alltid vetat själv vad hon ville och haft en förmåga att genomdriva det också, ibland utan vår vetskap, men hennes värld måste ha blivit större, rymmande fler upplevelser och erfarenheter.

Hon var det viktigaste i mitt liv och när jag uttalade de orden i tankarna insåg jag också att jag inte behövde fundera så mycket på vad jag skulle göra. Det var ju faktiskt vad som var bäst för Mia som var det viktigaste. Hon var glad och lycklig och trygg. Så länge vi kunde umgås utan att bråka, så borde hon få leva med oss båda.

Jag hade tänkt helt fel när jag rannsakade mig själv om vad jag ville. Det var inte vad jag ville som var det väsentliga och inte heller vad Ulf ville som var det som skulle styra. Nej, det var vad som blev bäst för Mia!

Ulf var ingen dålig pappa och Mia visade tillit till oss båda. Han engagerade sig i henne om än lite udda ibland, men jag trodde mig veta att hon var stolt över honom. Ja, lite udda var kanske en underdrift. Den första bok hon fick av honom var Fänrik Ståls sägner. Hon hade nyss lärt sig läsa och tittat på bokhyllan och undrat om det inte fanns någon bok där som hon kunde få.

- Jovisst, hade han svarat och plockat fram sin gamla bok från ungdomstiden. Hon hade tacksamt tagit emot den och börjat läsa och gråta över soldatgossen, *Min fader var en ung soldat, den vackraste man fann...*

Jag hade bestämt mig.

När Ingeborg i slutet av vistelsen frågade om jag hade kommit fram till hur jag skulle göra, så svarade jag:

- Ja, jag har bestämt mig. Jag bryter inte upp. Jag får försöka komma över allt som hänt och det går väl med tiden och vet du Ingeborg, den här sommaren har betytt mycket för mig. Det har varit bra för mig att vara hemifrån. Jag har blivit starkare och jag lägger inte skuld på mig själv för andras tillkortakommande längre. Jag tror att jag blivit klokare. Jag får väl tänka på alla bra minnen och försöka bygga upp någon ny gemenskap. Hur som helst är han Mias far och det är faktiskt det viktigaste har jag insett. Det bandet vill jag inte bryta. Hon ska få behålla sin familj.

Ingeborg kramade om mig och sa:

- Jag har inte velat påverka dig på något sätt, men jag är glad att du resonerar som du gör. Jag vill ju också det bästa för er alla tre. Jag är inte säker på att jag skulle ha klarat det du gör. Jag förstår att det här valet är svårare för dig än vad du låter påskina och vilket val du än gjort så skulle jag ha förstått. Du kommer alltid att stå mig nära. Vill du att jag talar allvar med Ulf och får honom att inse att han har en hel del att vara tacksam för.

- Tack, snälla du, men det tror jag inte vore bra. Han vill nog inte att du ska veta något.

- Nej, så är det nog. Men skulle du behöva det någon dag så vet du att jag gärna gör det. Jag vill så innerligt att det ska bli bra för dig. Glöm inte det!

Mia

Efter en vecka i augusti åkte vi hem. Tant Greta och farbror Gustav sa att vi var välkomna tillbaka nästa sommar. Det gjorde avskedet lättare. Det var som ett betyg på att vi hade skött oss. Lite längtade vi hem nu till våra föräldrar och vår vanliga värld och då skulle vi kunna meddela att vi nu kunde sköta en bondgård och det skulle tant Greta och farbror Gustav kunna intyga. Vi visste vad alla djuren ville ha att äta och vi visste hur man gjorde en smultrontårta och vi visste hur man räfsade hö. Vi hade hjälpt farbror Gustav att dra slipstenen och det var nog det enda som hade varit tråkigt, men man måste vara snäll också ibland och så kunde vi ro rakt, en bit i alla fall.

Våra mammor mötte oss på stationen och kramade nästan sönder oss och sedan fick vi berätta, först för dem och sedan en gång till hemma vid middagsbordet och då var jag ännu duktigare. Jag pös av självgodhet och avslutade med att nästa år då skulle jag få lära mig mjölka, så sedan skulle jag kunna allt.

Hemma på gatan var det sig nästan likt. Alla barn som varit borta under sommaren hade kommit hem nu i tid för skolstarten och det var en aning som att man längtade till den. Lite nyfikenhet inför nya saker och utmaningar var det förstås som var drivfjädern, inte vad man skulle lära sig. Hur skulle den nya läraren vara och hur var det med klasskamraterna? Hade det kanske kommit någon ny till klassen?

Men en stor förändring hade skett och den var väldigt stor. Sorgesam! Gunnar bodde inte kvar längre hos sin farmor. Han hade

flyttat hem till sina föräldrar igen
någonstans i en annan stad. Vem skulle vi nu
skriva in i våra hjärtan? Det blev tomt. Ingen
annan hemomkring dög.

2008

Jag hade bestämt mig för att flytta till något mindre. Det var ju totalt onödigt att bo i en stor villa nu när jag var ensam. Barnen var utflugna sedan länge, men jag hade haft kvar deras rum, som om en liten bit av dem fanns kvar hemma, men mest för att de skulle känna att de alltid var välkomna. Jag tror att de hade uppskattat det eller de kanske bara tog det som självklart. Hur som helst, det var dags att ta itu med de förändringar som behövdes inför ålderdomen medan man fortfarande hade ork. En trea i närheten eller inne i stan fick det bli! Att krympa till något ännu mindre skulle inte gå. Nej det skulle ju bli som att skära bort en del av livet. Ett arbetsrum var jag bara tvungen att ha. Måleriet som funnits sedan barnsben krävde ett eget rum.

Ramar, dukar, staffliet, alla färger och olika sorters papper fyllde upp en hel del, och sedan måste man också kunna få bre ut sig och låta saker ligga kvar, så en trea fick det lov att bli!

Uppe på vinden hade lådorna staplats mer och mer för varje år som gått med saker som var i vägen och saker man inte behövde men inte ville kasta och så papper, alla dessa kompendier från studier, almanackor, brev, intyg, urklippta artiklar och barnens teckningar. En del något sorterade som ett bevis på att viljan varit god från början i alla fall.

Jag trodde mig veta att det fanns två sorters människor, kastare och samlare och jag tillhörde helt klart samlarna. Det borde då vara obligatoriskt att de också fick förmågan att organisera och strukturera, men det verkade nästan som att det var tvärtom. De kastare jag kände hade oftast pedantiskt ordentliga hem. Nej, fast så enkelt var det inte! Jag ansåg mig som en mycket strukturerad person, så det var nog bara så att som samlare blev det så mycket, så tiden och orken räckte inte till. Ja, så var det.

Snart var dagens sista låda tömd. Gamla brev, räknehäften, skrivhäften och teckningar hade sorterats upp i två högar, en för att spara och en för att kasta. Det hade tagit tid. Vissa saker ville jag inte kännas vid och då var det lätt att avgöra deras öde, men vissa saker fick gå till en tredje hög, en kanske-hög och den högen var svårast sedan att rensa upp i. Man kastades tillbaka i tiden. Det var mycket att läsa och minnas och man fastnade i tankar kring det förflutna. Det som var roligt att återse var samtidigt det som kändes mest vemodigt, förmodligen för att det var borta, insåg jag.

Gamla förbrukade skrivböcker hade fått en ny uppgift som hem för alla bilder på filmstjärnor som man klippte ut ur tidningarna. Alla stjärnor hade inte fått en egen bok, några fick dela på samma, men de viktigaste som Shirley Temple, Esther Williams, Doris Day och Alan Ladd hade fått sin egen.

Jag bläddrade igenom böckerna och mindes hur arg jag varit på mina föräldrar för att de inte hade några veckotidningar. Som tur var hade jag en moster som arbetade i en tobaksaffär och förstod hur förtvivlat dumt det var att bara ha en dagstidning. Jag kom också ihåg att jag ibland för min veckopeng köpt Min Melodi, den yppersta av tidningar.

På baksidan klippte man ut ett idolporträtt i guldram, Hedy Lamarr, Vivien Leigh, Tyrone Power, James Stewart, alla borta idag.

Vårt behov av att få dyrka dessa varelser uppsnappades av godistillverkarna som började lansera platta tuggummipaket med foton på stjärnorna i. Det tuggades väldigt mycket tuggummi då i början på femtiotalet. Jag mindes vår förtjusning den dag vi hittade drömgodisaffären, en butik med en väldigt snäll expedit som lät en kika lite i paketen innan man bestämde sig för vilket man skulle ha. Den affären hemlighöll vi och samlingen av Doris Day ökade.

Längst ner i lådan låg några böcker. Jag tog upp dem och granskade dem. En läsebok för andra skolåret. Den var jag väl i alla fall tvungen att spara? Jag öppnade den och såg en himmel med inklistrade guldstjärnor, beviset på att man gjort sin läsläxa. Hade jag verkligen det? Hade ett vagt minne av att fröken sagt att man skulle läsa sin läxa högt tre gånger. Förstod inte varför då, men jag hade trott mig om att kunna förkorta lästiden genom att läsa varje ord tre gånger på direkten, så det gjorde jag. Det det det var var var en en en gång gång gång... När fröken nästa dag frågade om vi alla gjort vår läxa ordentligt kunde jag svara *ja* med rent samvete.

Några trasiga sagoböcker fick gå till kastahögen, men sedan låg den där, boken som jag faktiskt ibland tänkt på och undrat över var jag gjort av. Poesiboken! Jag öppnade den med andakt. På första sidan mammas vers och den fina rosen. På nästa sida hade en klasskamrat som hette Britt skrivit på snedden.

Du är rosen jag är törnet.
Glöm ej vännen som skrev i hörnet.

Det hade jag nog gjort. Jag mindes att vi ibland hade haft sällskap en bit på hemväg från skolan. Hon bodde åt samma håll som jag, men någon mer kontakt hade vi väl inte haft. Jag bläddrade igenom alla sidor och insåg att jag visste väldigt lite eller ingenting om de flesta. Med lite ansträngning kunde jag skymta ett ansikte bakom namnen, men inte så mycket mer. Idag skulle jag säkerligen inte känna igen dem. Så tragiskt egentligen, alla dessa vackra ord, en sådd på hälleberget! Några hade jag umgåtts lite med upp i ungdomsåren, men sedan glesnade kontakten ut till något enstaka telefonsamtal för att sluta med ett julkort.

Den enda som funnits med hela livet var Laila. Sextio år av minnen! Så mycket vi delat! Barndomens alla upptåg, besvikelser, hemligheter, förväntningar, ett liv som var ett äventyr och där allt skedde så helhjärtat. Man var i det man gjorde. Man behövde inte samtidigt fundera på fortsättningen eller hanterandet av andra saker. Känslorna blev så mycket större då och gjorde djupa fåror i minnets åkrar. Kanske var det därför som den tiden tycktes så nära, närmare än mycket annat.

Jag kunde sakna barndomen och det var nog till stor del den där hängivenheten, men det kunde också vara den enorma frihet jag upplevde då, som om världen var till för mig och jag kunde göra med den vad jag ville. Så var det ju inte, men jag försökte få det till det.

Likt allting annat hade väl också barndomen en skuggsida, detta mätande av krafter likt djurens ungar, det tycktes lite avlägset idag, men då gällde det att hävda sig i flocken. Lycklig den som vann, men hur den svage mådde funderade man inte över då. Långt senare mognade medkänslan och la sig som en hinna över vissa minnen.

Men det var nog den där frihetskänslan, i alla fall som var kärnan i saknaden. Den kom ju senare i livet att blandas ut med alla *måsten, ska* och *bör* och när blandningen blev för utspädd så var man tvungen att tillsätta *sedan* för att få den drickbar.

Eller var det nyfikenheten och fascinationen över allt som gick att upptäcka och en spänning inför vad som fanns runt hörnet? Kanske!

Det kan också ha varit den villkorslösa kärlek som bara fanns där självklart och förmedlade trygghet, en varm, mjuk angorapläd att svepa in sig i.

Det fanns inget säkert svar, förmodligen var det allt sammantaget.

Sedan kom tonårens fniss, idoldyrkan och förälskelser, som vi delade upplevelsen av, Laila och jag. Vi fortsatte våra utklädningslekar för att kunna komma in på barnförbjudna filmer, läppstift och örhängen och högklackade skor. Ibland lyckades det. Alan Ladd var vår första idol. När vi var femton ersattes han av James Dean. Fina bilder i tidningarna klippte man ut och satte upp på väggen blandat med bilder på hundar, katter och hästar.

Vi delade våra tankar och stärkte bandet mellan oss.

Hon var ju faktiskt nu den av alla som känt mig längst, den enda kvar idag som sett mig i min första fas av livet. Även om det geografiska avståndet mellan oss blev stort så småningom så var bandet mellan oss så starkt att det höll, hur mycket det än sträcktes ut och fortfarande finns hon där för att dela mina tankar, trots att vi kommit att bo på varsin sida om denna jord. Fröna från poesialbumets önskningar om evig vänskap och hågkomst hade inte helt förspillts. Ett litet frö hade hittat jord för sina rötter och kunnat gro.

Så återvände jag till första sidan med mammas ros och vers. Så stolt jag varit över den! Så vackra jag tyckte de orden var! Jag hade planterat dem i hjärtat, där de hade fått en alldeles egen liten kammare.

- Mamma, gnydde jag tyst inombords, du ville alltid så väl. Gud, vad jag saknar dig! Varför skrev du som du gjorde? Var det din övertygelse, att man blev lycklig av att förlåta och förstå? Blev du det?

Jag önskar så att du levt idag! Det finns så mycket jag skulle fråga dig om nu, så mycket jag inte tänkte på då. När man hade mycket omkring sig så fanns aldrig de funderingarna. Men nu med distans till de aktiva åren då upptäcker jag det ena efter det andra som jag skulle vilja tala om. Varför finns du inte kvar!!!

De sista veckorna när jag bodde hos dig så hann vi prata en del om svunnen tid och hur vi upplevt den och vi hann delge tankar som man kanske inte bara plockar fram över en kopp kaffe, men inte tillräckligt mycket. Vi pratade om din barndom och vi pratade om min. Du delgav mig hur det var att växa upp utan en mamma, hur ensam du känt dig och hur djuren fått ersätta mänsklig närhet. Du hade inte haft det svårt, sa du, bara befunnit dig utanför.

- Så annorlunda mot min, hade jag sagt. Vet du att mina kamrater brukade säga:

- Vilken snäll mamma du har!

Det tog jag väl bara för givet att mammor skulle vara. Du lät aldrig ilsken när du sa till om saker och du var kanske lite mer tillåtande än många andra när jag blev lite äldre. Du litade på att jag skulle klara av saker och förstå vad som var rätt och så var du så stolt över mig när jag varit duktig, berömde mig och kramade mig, ibland så jag kunde bli lite generad minns jag.

Du hade sett glad ut när jag sa det.

Jag hade velat säga så mycket mer, vistats mer i tiden då jag var barn och kunnat få ta del av din värld, hur den såg ut, se det man inte uppfattade då. Hade ni det bra du och pappa? Ni gjorde inte så mycket vad jag minns, men det gjorde inte Lailas föräldrar heller. Det var väl så då, man hade fullt upp med det vardagliga.

Men orden förlåta och förstå, bottnade de i något? Nej, det var väl den kristna moralen som andades djupt i samhället då. Oavsett om man trodde eller inte så var det den luften alla fick insupa. En god människa sätter andra före sig själv och då ingår det att kunna förlåta och förstå.

Jag hann säga i alla fall hur mycket jag skulle komma att sakna dig och du tröstade mig och sa att det värsta kommer att gå över, att så småningom vänjer man sig vid saknaden. Smärtan domnar.

Dina sista ord var:

- Tack för att du var min dotter!

Att det skulle göra ont att mista dig var jag beredd på, men inte att det skulle vara så svårt! Den människa som älskat mig mer än vad någon annan gjort var borta. Om ett tomrum kan fylla en värld så var det just det som skedde. Jag sökte lindring i saknaden genom att önska barndomens änglatro tillbaka, att kunna hoppas att du fanns kvar någonstans, bevakande och beskyddande. Jag började tala till ting du tyckt om, som om en liten del, en tanke skulle finnas kvar och svara mig.

Idag är jag på väg till det som du tröstade mig med.

- Man vänjer sig vid saknaden. Smärtan domnar.

Jag stängde albumet, tryckte det mot mitt bröst och hjärtat läste din vers.

Må lyckans stjärna alltid för dig brinna.
Må du ej vilse gå.
Det vackraste i livet ska du finna,
om du lär dig förlåta och förstå.